北望园文论丛书·文学专论系列

地域的张力

李振◎著

时代文艺出版社

图书在版编目（CIP）数据

地域的张力 / 李振著 . 一长春：时代文艺出版社，2017.9（2021.5重印）

ISBN 978-7-5387-5478-0

Ⅰ . ①地… Ⅱ . ①李… Ⅲ . ①当代文学－文学研究－吉林 Ⅳ . ①I206.7

中国版本图书馆CIP数据核字（2017）第142038号

出 品 人　陈　琛

责任编辑　徐　薇

装帧设计　陈　阳

排版制作　毛倩雯

地域的张力

李振 著

出版发行 / 时代文艺出版社

地址 / 长春市福祉大路5788号　龙腾国际大厦A座15层　邮编 / 130118

总编办 / 0431-81629751　发行部 / 0431-81629755

官方微博 / weibo.com / tlapress　天猫旗舰店 / sdwycbsgf.tmall.com

印刷 / 保定市铭泰达印刷有限公司

开本 / 880mm×1230mm　1 / 32　字数 / 115千字　印张 / 6

版次 / 2017年9月第1版　印次 / 2021年5月第2次印刷　定价 / 29.80元

图书如有印装错误　请寄回印厂调换

序说"北望园"

张未民

北望园是一座房子，红瓦洋房。

不较真的话，也可以扩大点儿说北望园是一个以红瓦洋房为主体的院落，院落里还包括紧挨着的一处茅草房屋。为什么北望园要包括这处格调不一样的茅草屋？因为在小说家骆宾基的笔下，这座茅草屋和红瓦洋房的居民共同构成了一个生活氛围。这个氛围、这个生活有一个揪心的背景音从茅草屋传出，感染了整个院落，就叫作"北望"。

表面上，茅草屋和红瓦洋房共同的生活格调是庸常的，一地鸡毛，这种"表面"的生活也是小说家主打的生活景象。但是因为租住茅屋的有一位流落此地的北方来的美术教员，是位绘画艺术家，每当闲时或入夜，北方家园的乡愁便随风摇曳潜入院落，似水银泻了一地。因此，实际上倒是茅草屋更体现了红瓦洋房的名称主旨，那似乎潦倒流浪的茅屋生涯僭越了主体红瓦洋房，成为北望园动人而敏感的心悸。

说到这里，应赶紧交代，我们的"北望园"是著名的"东北作家群"成员之一骆宾基先生在其小说名篇《北望园的春天》中设计并建造的。它在大西南"甲天下"的名城桂林，坐落在丽君路上。

如果今天让"北望园"走出虚构，我相信，它是可以作为一个有着20世纪40年代西南风情和作为战时反讽存在的那个时代生活标本意义的旅游景点的。一边是大后方的庸常苦涩的生活，一边是遥远眷恋还乡的北望，东北作家的天才构思再一次显灵，他们总能于日常生计状态中提供悖论，拨动家国的神经，让慵懒的市民及其日子划过一道超越的、自由的、还乡的、情感的渴望之流光。这是一篇提供了生活反讽、进而提供了时代反讽的小说。北望园之名，乃是想象力反讽的标签与象征。想一想吧，居于南而有"北望"，平常心灌注进遥远的想、异常的想，东北作家所创造的空间美学不打动人才怪。于是北望，于就有了那个时代之痛，那个时代的北方，尤其是东北，不仅有"雪落在北中国的土地上"，还有日本侵略者的铁蹄，一个字：殇。

北望，涉及一种叫作中国视野、中国时空的思维。地分南北，又共组时空。这种中国时空的完整性不可破碎，却总于现实中破碎，这破碎于是衍化为一个绵长的诗学传统"北望"，构成了对破碎的抵抗和诗性正义。"死去元知万事空，但悲不见九州同。王师北定中原日，家祭无忘告乃翁。"这是陆游的北望。在这样的北望中，天边的北方早已"铁马冰河入梦来"了。更知名的北望发生在唐安史之乱时期，杜甫写下了"国破山河在，城春草木深。感时花溅泪，恨别鸟惊心"的诗句。杜甫将其题为"春望"，但实质就是在蜀都草堂向北方关中帝都的北望。杜甫还说："老病南征日，君恩北望心"，"南京久客耕南亩，北望伤神坐北窗"。同是唐代的元稹的"我是北人长北望，每嗟南雁更南飞"，与杜甫诗句展开的思念空间具体内容可能不同，但都是中国时空的情调咏叹。然后，"中秋谁与共孤光，把盏凄然北望"（苏轼）、"北望可堪回白首，南游聊得看丹枫。"（陈与义），这样典型的中国姿态又感染到了宋代人的凄恻情怀，而陆游笔下的"北望"，则是中国文学史上最为突出和成功的，构成了一种抒情形象的"北望"。当然，除了北望，还有西望、东望、南望；如"西北望，射天狼"，东北望，"拔剑击大荒"，等等，不一而足。

中国文化重"望"。来到现代，骆宾基在这篇毫不逊色于现代中国任何优秀小说的作品中说，我怀念北望园的春天。这怀念什么样？怀念是一种望，是一种爱，爱在南方，有南方才有北望，要多惆怅就有多惆怅。

是该纪念纪念北望园了。

近八十年后，我们提议以北望园的名义再建一座大房，或一个院落。在当年被骆宾基北望的故乡，吉林省作家协会要编辑出版"吉林文论系列丛书"，蓦地想起，就叫它"北望园文论系列丛书"吧。既为"系列"，一望而三，有三个系列：文学评论家理论家个人文集系列、文学专论系列、文学活动文集系列。合起来，这是个中国地方性的文学社区，是中国文学的北方院落之一，我们就在这里望文学，或让文学望望我们。

望字之奇妙，于此构成了多重关系。首先，我们愿意将文学评论（理论）视为一种"望"，中医方法与技术，说望闻问切，望为中医四诊之首，望既可以当作一种文学评论的诊断方法、途径的指代，也可以当作望闻问切四种诊断方法的代表，一望便知，一望解渴，一望解千愁，真的可以满足借喻、指代文学评论的功能。其次，望总有方向，总有立足方位，望与家园相伴，所谓北望园，三字经，包含瞭望的视觉表述、北的方向方位的表述、立足的家园土地的表述，可谓要素组合齐备。尤其"北望"，与我们这个所谓文学评论社区又在方向方位上切己相关，真是一个好辞。当然，当年骆宾基受条件限制，其北望是由南向北望，而我们这里的文学评论之望，则可以有更多的交互与方位切换，包括由南向北所望，也可以立于我们的中国北方、中国东北而向南望去，向东向西望去，还可以北方文学北方作家之间的欣赏或自望，毕竟，北方、东北何其巨大辽阔，可容纳无尽的多向交叉叠压的北望的目光。北望，就是来自北方的望。再次，就是要借以向中国文学中的北望主题和北望表现传统致敬，向东北作家群的先贤们致敬，为了忘却的纪念（我们是否有过忘却？）和为了不忘却而纪念，庶几可大其心而尽其性。在这种望的判断力价值、方向价值与家园意识之外，望其实还提供给我们一种高尚的望，即仰望。抬头望见北斗星，心中有了想念。文学，哪怕是文学评论，都应是想念着什么的、想念了什么的。

骆宾基是吉林珲春人，除了是著名的作家外，还是一位有着跨界研究成就的金文学家。他和另几位东北作家群代表性作家萧军、端木蕻良、舒群等，1949年后都未能回到东北老家，大都落脚于北京市的作家协会，所以离世前大约一直还保持着漫长的"北望"的姿态吧。那里有他们新的"北望园"否？坐落在北京市前门大街和平门红楼宿舍等处，他们在那里依然在说"我怀念北望园的春天"否？都不可能知道了。都不可能知道了我才敢说，我知道，他们一直在"北望"。

本丛书前年已出版了两种，朋友们建议，让我写几句话权当为序，显得郑重些，于是就写了以上话。

地域的张力（代序）

"她买了一张巴黎地图，手指指指点点，游览纸上的京城。"——生活在永镇的包法利夫人让人不得不感慨于现实的尴尬与残忍，作为梦想的巴黎只能不声不响地坐落在一张纸上，无情地将外省青年隔绝于外。然而，如果缺少了那个地图上的巴黎，外省青年也便无从存在，包法利夫人也将因此黯然失色。相对于文学上的"巴黎"，又何尝不存在着"外省的文学"，它一边想象着那个中心的繁华与喧闹，一边孤寂又倔强地生长着。

正如一个时代有一个时代的文学，地域无疑成为我们理解文学的一个有效途径。鲁迅在《中国新文学大系·小说二集导言》中说："蹇先艾叙述过贵州，裴文中关心着榆关，凡在北京用笔写出他的胸臆来的人们，无论他自称为用主观或客观，其实往往是乡土文学，从北京这方面说，则是侨寓文学的作者。"在鲁迅对"侨寓"的阐述中，已然包含着对地域的确认。同时，相对一个整体性的乡土文学而言，无论是蹇先艾、彭家煌还是王鲁彦或是废名，独特的地域书写又成为一种更为具体的文学阐释之路。尤其在当今这个文化趋同的时代，地域文化以及地方经验则显得更为弥足珍贵。它同时作为一种创作与研究的视野，能够有效地发现作家作品切入生活的具体途径，它提供了一种细节化、民俗化、经验化的文学生产方式，在人性、伦理的大框架里，以各异的形态，促成文学创作与文学批评的多种可能。

吉林处于中国的东北纵深，吉林文学自然也是中国文学的东北纵深，在游牧、渔猎、冰天雪地之中，建立起相对于中心、相对于南方的"异域"文学。新世纪以来，吉林文学创作在独特的地域文化中不断生长，渔猎萨满、黑土地、闯关东、老工业基地与当下时代碰撞出属于这片区域的文学经验与文学现实。于是，我们看到了金仁顺小说中强烈的时代感和民族性，看到了胡冬林笔下长白山深处的隐秘生灵，看到了任林举的"粮道"，看到了景凤鸣小说里东北大地上的理想主义者。与此同时，作为对这个时代普遍经验的文学叙述，又有王小王、蒋峰、王怀宇、孙学军等一批作家的努力，他们将目光置于当下，不断向心中那个文学的"巴黎"靠拢。

因此，当我们将其他地域的作家与吉林作家并置一起，便能发现某种属于文学、属于地域、属于这个时代的奇妙张力。这种张力一方面来自于吉林文学内部，它个性鲜明的

"本土化"色彩与文学普遍的时代性进行着某种隐秘的较量，毕竟地方性经验与强大的时代话语不可避免地在这里发生着碰撞，吉林作家进行着不同的选择和衡量。另一方面，这种张力又呈现于吉林文学与其他地域创作之间，无论是文化传统与文化资源，还是讲述方式和语言习惯，既存在有巨大差异，又不断渗透、融合，却因此而蕴生出更为繁杂和生动的文学力量。也许我们完全没有必要强求某种文学样式的一枝独秀，毕竟一种封闭的、自足的甚至是成熟的文学也就意味着它生长可能的逐渐衰退。相反，在这种地域与文化的暧昧之中，在"中国文学"与"吉林文笔"之中，在普遍的人性、伦理、时代感与风土人情和地方经验之间，因此而生的博弈和张力恰恰让我们感受到文学的茂盛，就像东北初秋的林海，在色彩纷呈次第晕染中展示着它的舒展与开阔。

目　录

上　编

"吉林文笔"·品读2014

2014年仿佛是在转瞬间过去的，好似什么都没发生，就到了新的一年，以致让人怀疑这新的一年会不会也在眨眼的恍惚间轻易走失。然而，当我们回过头来看2014年的时候，却发现它又是那么漫长，漫长到需要一页一页地翻，一篇一篇地读——这一年，"吉林文笔"浓重而令人惊喜。

过去的一年，数代作家集体发力，多重文体同时呈现出来，各类奖项也常能见到吉林作家的身影。如果要对这一年的小说创作进行一个粗略的打量，它们或是在与当下保持着某种冷静疏离感的同时，不断触动着人们心底隐秘的时光与心弦，像金仁顺的《猿声》、郝炜的《磐石往事》、王小王的《寻找梅林》、高君的《杀死一头牛》；或是紧贴日常，直刺当下生活的溃疡和痛处，如朱日亮的《自行车》、江北的《马小乔的貂》、王可心的《两小无猜》，等等。

《猿声》不可读，需要看，当作一幅舒缓流淌的水墨画来慢慢品。南原府，天色阴沉，雨雾飘摇，老树如亭，华盖如伞，悄然遮挡起慢慢散下的细雨，一个女孩子提起的桃红色长裙，让原本素气寡淡的城厢，绣上了一丝妖媚。府使大人崔梦阳和新太太玉姬就从这雾气蒙蒙的城里显出身影来。前来迎接的官员们并不晓得，这府使的宅邸，崔梦阳熟悉得很。玉姬当然也不知，只是凭空发觉"有些忧愁似的"，或者说，是哀怨吧。十年前，走投无路的崔梦阳被这宅子的老主人权九收留。虽然事发之后，权九焦虑、暴躁、痛心疾首、借酒浇愁，但崔梦阳和小姐善媛的命运就在意料之中被绑在了一起。权九逝去，二人变卖了囤积的夏布，踏着夏布铺出的道路，崔梦阳开始了自己的功名之途——上榜、为官、入赘左相府，尽管他也曾纠结于是不是留下来，"让那些功名利禄见鬼去吧"，但自从他决定成为左相府的女婿时，"他就已经把南原府的人事，当成自己年少轻狂的一场大梦"。十年后，像是为了破除这场大梦，已沦为绣娘的善媛再次出现在这座旧宅。没过几日，崔梦阳没了踪影，只听说半夜进了绣娘的房间。官差破门，见府使大人赤身裸体，头朝下，溺毙多时，而新夫人玉姬的夏布衣裙簌簌作响，"曾经的姹紫嫣红，鸟语花香，跟善媛和橘子一样，消失了影踪"。朦胧间，故事峰回路转，寥寥数人，撑起十年变迁。《猿声》有关命运、有关抉择、有关轮回、有关复仇，在飘荡着香粉和雨雾淡淡腥气的宅邸里，又添了些鬼魅的颜色，妖娆却不骇人。其间的偶然与必然结成了崔梦阳无法逃出的梦魇，而对两个女人来讲，那如同隔世般的重叠，恰恰是整部小说的谜底。

《寻找梅林》不似《猿声》那样弥散着雾气，读来干爽得发脆，似乎可以抖动得哗啦啦作响。王小王不太爱在词句上玩弄情调，这倒跟那些同龄的姑娘作家们不大一样。她能讲故事，会讲故事，在干脆利落不见花招的谈吐间，《寻找梅林》像一串鞭炮——炸开，不带阴气，读后却让人发现汗毛直立——其中功夫可见一斑。张久死了，留下梅林，面对被迫改变的生活，梅林特别想做一个决定。渐渐地，人们发现张久的手机又启用了，张久家的电话里不时传出张久的声音，张久的牌友们又看到对面坐着一个像张久一样吐着烟雾梳着分头的人……甚至，张久的学生，当然也是怀了他骨肉的情人，突然被人照顾起来。仿佛张久真的死而复生，直到某天晚报上登出整版的寻人启事："梅林，你回来吧！我很想你！"小说把一个女人疼失所爱的心理变化一步步展现完整，并在最后推向极致。梅林改变生活的努力变成了一个连环套，那些试图打破心结的尝试又将她牢牢地禁锢其中，挣扎越是激烈，绳索收得越紧，直到最后彻底丢失了自我。在这里，王小王并不在意日常生活的逻辑，她把人生中那些细微的波动、感触、困惑和纠结成倍地放大，然后编织起来，执意按照一个作家的想象完成一种不合常理的情理，读来却意外地令人信服。

花腰在《杀死一头牛》里是一头老的几乎干不动活的牛。下不了地，只能拉碾子，而这本是驴们的工作。自从拉起碾子，原来可以生下健壮小牛的花腰，再生下的小崽也就越来越像驴。当然，这都不要紧，要紧的是，拉碾子，能不能偷吃？花腰本不偷吃，不知怎么，就破了这个戒。因为偷吃，花腰没少挨打，更主要的是让饲养员蒋良大叔丢了脸面。于是，花腰难逃被杀的命运，而一直陪伴花腰的"我"，"疲惫而又万分委屈地靠着门框嘤嘤地哭了"。如果只到这里，它还不能算作一篇好小说，而最后的几十个字，成就了《杀死一头牛》——"第二天天还没亮，我就被一阵浓郁的肉香熏醒。我知道那是什么肉，我还知道待会儿在饭桌上，自己一定不会拒绝它，因为此刻我已经忍不住馋涎欲滴了。"——心灵的伤痛无法抵抗肠胃空空的煎熬。从赵树理《锻炼锻炼》里人的偷吃到《杀死一头牛》里牛的偷吃，"吃"之所以成为不可饶恕的罪过，只是因为饿，因为没有粮食。偷吃，这一在特殊语境下演绎出的辛酸历史，被不会辩解的花腰承担起来，它死与不死，都将代人受过。

除此之外，郝炜的《磐石往事》沧桑厚重，王可心、江北的小说冷静锐利，朱日亮和孙学军的几部短篇亦属佳作，但因篇幅之限，在此不一一评述。2014 年的吉林文学浓墨重彩，而面对 2015 年，一切未知，暂且希望它过得更慢一些。

一个不卑不亢的身影

——论金仁顺的早期创作

在这个聒噪的时代，金仁顺是一位不可多得的作家，她在作品中是那么冷静，甚至有些冷酷了。她的小说确有把美毁灭给人们看的做派，这一点在《月光啊月光》《盘琴俚》《水边的阿狭丽雅》以及《未曾谋面的爱情》中均有体现。同时代的女作家朱文颖是这样评价金仁顺的："我一直认为金仁顺身上有一种极为重要的东西，那就是她骨子里是个极其自制的人。当然这里的自制有很多同义词，比如说冷静、理智、公平、正常等等。不像有些写作者，他们往往以与众不同为荣，以惊世骇俗为荣，金仁顺不是。我认为她骨子里有一种认同感、融合感，也就是说，她与这个世界的关系、与生活的关系是正常的，有规律可循的。如果说作家天生是孤独的疯子，那么我相信金仁顺对于生活有着稳定的看法和把握。她不失控，至少是极少失控。"①

金仁顺作品的主人公大多是年轻娇弱的女子，她对她们的命运给予了热切的关注。女人如何才能摆脱可悲的宿命，是金仁顺在创作中一直都在追问的。然而通读金仁顺的作品，我们便会发现作者给出的答案在一步步地变化，那么就让我们在这里，通过金仁顺的几部重要作品，对其进行——分析。

最先值得注意的是金仁顺早期的作品《月光啊月光》。小说以"我"与一部录音机的对话向读者展示了一个年轻女人在男权秩序下的悲惨经历。二十三岁的"我"只是陪同男朋友到电视台去应聘，却冷不丁被台长相中成了招聘考试中唯一的被录取者。这一突发的事情让她毫无防备，直接导致了与男友的分手。"我"最终决定到电视台上班，从而陷入了一个无法摆脱的旋涡。台长把"我"打造成了台里的一个特殊人物，并且三个月后就得到了一套三室一厅的房子。噩梦由此开始，当天晚上"我"便看到了手持房门钥匙站在床前的台长。但是台长只是想单纯地在"我"身边"睡一下"，没有肉体的侵犯，也没有性的交易，然而这却彻底地毁掉了"我"的睡眠。"我"开始整夜整夜地坐在月光下，渐渐地憔悴，渐渐地苍白忧郁，更可怕的是在"我"年轻的脸上也开

---

① 朱文颖：《一个女作家的想象文本——我所理解的金仁顺》，《文汇报》2004年12月25日。

始出现了台长的表情，台长的神态和台长的严肃。来自内心的刺骨寒冷让"我"想念男人的怀抱，"我"毫无感情地跟前任男友做爱，甚至渴望台长能够"如狼似虎地把我扑倒在地，强奸我。"然而台长只是想简单地占有并控制"我"："如果你需要男人，我可以替你找一个。""我"的反抗终究是无力的，她只能幻想着如何杀死台长，就连最后的努力也以失败告终。小说的结尾是这样的："这盘磁带现在在一个功能很好的随身听里，不停地被播放出来，听磁带的是一个从意外的车祸中侥幸生还的男人，当时和他同车的一个年轻的女播音员在车祸中死于非命。"

该小说的题目就让人难以回避传统女性主义的解释方法。月亮似乎从远古时代就与女性有着不易分割的联系。从神话中伊师塔、阿斯塔尔忒、茜伯莉这些月亮女神，到某些原始部落里妇女、月亮与财富的不明关系，从妇女的生理周期与月相的规律性变化，到月亮的盈亏对好坏吉凶的象征与女人的创造力与破坏力的映象，都将女人与月亮拴在了一起。所以有人总结说："人们将妇女同月亮的象征联系了起来，月亮的象征不仅代表富饶，而且还代表生和死这两种互为矛盾的作用力。"[①] 而小说中时刻强调的月光与对死亡的暗示也正好与这一观点相映。

① 珍尼特·海登，B·G·罗森伯格：《妇女心理学》，范志强等译，云南人民出版社，1986年，第28页。

　　从小说情节的展开来说，作者让我们看到了在台长这一男性的权威下，一个女人原始的反抗。方式是朴素而原始的，那就是让"睡在我床上的那个男人能死于非命。"这种丛林式的解决方法虽然表现过激，但在相当一部分激进的女权主义者那里，这是她们整个思想体系的原型。

　　就上述两点，我们发现金仁顺早期的创作依然难逃传统女性主义的影响。月光这一象征性标志的应用，对抗性的斗争方式，以及小说中男性无利害的占有、操控与权威的树立，都是对以上判断的证明。然而，我们要给予更多关注的还有小说的结局。"我"的反抗以失败告终，"我"一心期待的死亡没有降临到台长头上，而是阴差阳错地让自己葬送了性命。那个男人仍然活着，录音被不断地播放出来，这就让我们不得不去猜想又有多少女人将会继续去重复"我"，重复录音里的故事。在这篇小说里，金仁顺是悲观的。故事的结局似乎是在向我们暗示，以剥夺生命这类原始的方式与男性斗争，女人永远斗不过男人，因而这种努力也就难免会走入毫无成效的死胡同。但就这部小说来看，使女性走向自主与独立的更加行之有效的方式，作家还并不是十分地清晰，她在《月光啊月光》里只是对那种激进的性别姿态提出了一个疑问。

　　在此之后，金仁顺于一篇名为《高丽和我》的散文中对民族和性别之弱势群体的联合思考为她之前的疑问提供了相当的参考价值。不可忽视的是金仁顺的民族背景。作为一个朝鲜族女作家，金仁顺的大量作品与朝鲜族的风俗与文化传统有关。如我们所知，朝鲜族的传统女性，无论是在社会上还是在家庭中，其权力与地位都是可悲的。这一点，在《高丽和我》中都有集中的体现："朝鲜族女人是经常要被人用同情的口吻提起的，家里的一针一线，外面的一草一木全都是由她们来操持的。春天时，她们要在北方冰冷刺骨的水田里挽着裤腿，背上背着没人管的孩子插秧；秋天时戴着草帽割稻子的也是她们；她们鞠躬尽瘁地侍候着丈夫和家里的长辈，却连吃饭时与他们同桌的权利都没有。她们除了要忍受生育之苦外，还要忍受男人的酗酒，粗暴，打骂。"

从上面的叙述中，我们不难发现金仁顺对朝鲜族女性满怀同情。然而面对朝鲜族女性的不平状况，《月光啊月光》里那种对抗已很难找到了。她在这篇散文中开始回归女性自身，试图从女性自身存在的种种问题与特殊心态中找到某个突破口："我意识到朝鲜族女人身上最让人震撼的地方，并非对苦难的承受力，而是她们对生活的态度上。"在作者看来，朝鲜族女性是高尚而坚韧的，她们在男权秩序的夹缝中顽强地生存，坚强地美丽着。朝鲜族的男性是被女人惯坏的，这是金仁顺对朝鲜族女人的理解："朝鲜族女人不喜欢男人出入厨房这种有油烟气的地方，也不喜欢男人手里攥着抹布笤帚之类的东西。她们认为男人生来就是伟大的，如果让他们染指日常琐事，庸俗的事情就会像磨石一样，打磨掉他们身上固有的一些优秀品质，从而使他们在大到国家命运、小到个人前途之类的重要事情上，不能表现出令人敬仰的男儿气概来。"在这里我们可以看到作者对朝鲜族女性深深的遗憾。正是被朝鲜女性当作精神支柱的"对光荣感的不懈追求"把她们牢牢地禁锢在男性的生活秩序中。她们几乎是为男人、孩子而存在着，虽然在生活里扮演着重要的角色，然而始终是配角，她们的价值也始终是被别人赋予的。在一个男性权威的社会中，她们难逃"他者"的命运。

在一些人眼中，金仁顺对女性自身的这种思考无疑是不受欢迎的，因为这种自省显然不够果断与激烈，甚至无法构成将女性解放出来的具体行动。她们认为男权秩序是权力的竞争，女性只有以他们的方式才能彻底将他们击败。但在事实上，自身的强大与发展，才是作为弱势群体的人们所能做出的众多选择中最为明智的一个。

幼年的金仁顺痛恨"高丽"二字："谁敢把这两个字当着我的面说出来，无异于在我的身前地上吐了一口唾沫。那是我绝对不会容忍的。"然而她自身的成长使她走出了这样的心理困境。她开始爱上了自己民族的服装，为它能够掩盖东方女人身材上的不足也为它所拥有的无穷神秘感而着迷。这样的转变显然是来自作家如今的自信，她不刻意制造对抗，也拒绝与强势群体同流，她几乎是倔强地让自己在属于自己的园地中一步步地完美起来，摆脱了高丽被视为异类的冷言风语，摆脱了朝鲜族女性只能被人同情的命运，以自己对朝鲜族服饰的爱为标志，树立起一个健康的全新的朝鲜族女性形象，从而走入了对自己身份的自律的认同。其实弱势民族与弱势性别具有太多的相似性，朝鲜族就有长期依附或受控于其他民族的历史。然而在今天，曾处弱势的朝鲜族之所以能够使"在一千多年前就提出的简朴、平和、尊老爱幼、相亲相爱、歌舞升平的生活观念，经过时光之火的淬炼之后，也终于能在今天，在世界范围内被广泛接受"的原因，也就在于"朝鲜族的个性日渐从其他民族中间凸显出来"。因此金仁顺在这里实际上是以朝鲜民族这种自律自强的成长方式为在性别上长期处于弱势的女性暗暗地指了一条出路，那就是通过自身的成长使女性独有的魅力从其他性别中凸显出来，以此为资本，走向独立，走向平等。

刚才说过，《高丽和我》中的朝鲜族衣裙只是一个标志，而那种自律自强的性别姿态在金仁顺作品中的完整建构直到她的小说《未曾谋面的爱情》中才真正体现出来。

《未曾谋面的爱情》讲述了一个传奇式的凄美故事，小说是以一个朝鲜族官宦家庭为背影展开的。黄府真伊小姐的父亲说，世间有两样东西他永世都不会厌倦，那就是玄琴和酒。玄琴是真伊父亲四个姬妾中的一个，而真伊是她的女儿。真伊从母亲那里继承了美貌，在十八岁那年，她被许配给一个三品官正室夫人的儿子。这样的美事让父亲的夫人、另外三个姬妾以及真伊同父异母的兄弟姐妹愤愤不平，她们嫉恨她，也嫉恨真伊的母亲玄琴，她们说"狐狸崽子天生就会摆屁股晃尾巴勾引男人……"在小说开头，作者便对这样一个家庭中的女性们的生活环境及状态做了交代。首先，作为女儿的"我"是被父母许配出去的。其次，即将迎娶"我"的少年根本没有见过"我"，因为小姐们在府里活动的空间实在有限，而那些地方又是陌生人特别是男人所不能进入的。再次，夫人和她房里的长舌妇们说话极其恶毒，"那些难听的话非说得人浑身肿起来不可。"最后，就是父亲偏爱真伊的母亲玄琴，这更让府里其他女人嫉恨这对漂亮的母女。通过这样的交代，作者向我们展示了一个微缩的牢固而又等级森严的男权社会，父亲，夫人，父亲的姬妾，最后才是"我们"这些小姐。有句话还是不无道理的："婚姻，是传统社会指派给女人的命运。"① 在一个朝鲜族的官宦家庭，小姐比一般人家的闺女更缺少自由。她们是被动的，甚至不清楚对方是个什么样的男人便被嫁了出去。这一行为可能还包含着其他含义，比如说三品官的儿子，这是简单的门当户对，还是关乎父亲日后的仕途？

真伊命运的转折源自城里一个少年的死亡。这个少年临终前恳求入土的时候能够经过黄府门前，但黄府毕竟不是平

① 西蒙·波娃：《第二性（上册）》，湖南文艺出版社，1986年，199页。

常的人家，送葬的队伍不敢妄生事端，从小路拐到了城外。意想不到的是，抬棺的四个汉子在路上同时脚疼难忍以至于扔掉了杠头。有人想起死者生前的话，于是掉转棺材，汉子们的脚便神奇地恢复了。然而到了黄家府邸的后花园门口，棺材就像被钉在了地上，谁也动它不得。街上看热闹的人越来越多，一个消息传到了府中真伊的耳朵里：那个少年是想她想死的。夫人铁青着脸让真伊出去把棺材弄走，然而还未出嫁的真伊是不能抛头露面的，她的母亲苦苦地哀求却遭到了夫人的冷嘲热讽。真伊的出现并没有改变棺材纹丝不动的状况，焦急之中，一个神秘的女人告诉她，可以放一件贴身的东西在棺材上试试。棺材终于被抬走了，而真伊的母亲也因为屈辱吊死在园子里的桃树上。于是真伊在松都成了耻辱的代名词，人们的眼光明显地异样起来，没有人理她，婆家也退了婚。不管是在什么样的情况下，嫁人之前"我"必须是男人们认为纯洁的，"我"只能在后花园打秋千，偶尔在府里四处转转也要躲着夫人房里的长舌妇们，十三岁以后，如果不是有了那口奇怪的棺材，直到嫁人，"我"都是不能够迈出府门的。我们发现在这个微缩的男权社会中，男权秩序的维护者并不是父亲，而是夫人，她房里的长舌妇们，甚至是真伊的母亲。这就与《月光啊月光》等小说不同，那一类小说更多是在强调女性的不幸，强调女性的挣扎与反抗。而《未曾谋面的爱情》显然进入了一个更深层次的思考，那就是女性长期无法摆脱的不幸，到底是男人造成的，还是女人自己为自己铸造了铁链？在《高丽和我》中金仁顺就认为是朝鲜族的女人们惯坏了她们的男人，而真伊母亲的死更是不能不让我们对这个问题进行一番冷静地思考。女性一般意义上的对抗能不能走向自己的独立与自主，而对抗中她们所要面临的主要敌人是男人还是女人？这一切都还未有定论，而且历史也没向我们证明什么。金仁顺在《未曾谋面的爱情》进一步地强化了《高丽和我》中的想法，那就是女性走向自律、自我丰富与成长在大方向上是不会错，因为那些忽视自身建树而一味对外攻击的人们，她们攻击目标的溃败也就必然是她们自身的消亡。

故事的结局是"我"进花阁当了艺伎，一天，当她的马车与父亲的马车交错而过的时候，她看到了路边桃花后面母亲如火的红裙。而在金仁顺的另一篇小说《盘瑟俚》中，"我"也是从一个可怜的朝鲜女人变成了一个盘瑟俚艺人。从这一点我们可以看出作家对这一结尾的偏爱。金仁顺是一个善于使用暗示的作家，"离开黄府去花阁的那天，是七月初一，月亮瘦得像一把小弯刀。月亏则盈。我给自己取了个艺名，叫明月。"这让我们不由地想起《月光啊月光》，但是马上我们又意识到了它们的不同。黄府里的真伊死了，花阁里却出现了一个叫作明月或是太阳的艺伎。小说里的"我"几乎成了男权秩序下最可悲的女人，然而这是"我"自己的选择，"我"从此不再属于任何一个男人，可以叫作"月亮"也可以叫作"太阳"，这个世上唯一让"我"牵挂的只有那未曾谋面的爱情。月亏则盈，这似乎是在告诉读者，当"我"的路走到极致，"我"便只是我自己了。虽然作家让"我"在结尾看到了桃花和母亲如火的红裙，虽然母亲当年也是从花阁中走出，然而母亲的经历已是不可能在"我"的身上重演。其实在"我"的抉择中，"我"已经完成了对"月亮"的背叛。

在小说里，作家一直在隐隐地强化着自律的概念。这种自律是女性作为一个有别于其他生物的理性存在者即生为一个具有独立人格的人而对自我行为的某种负责。它首先是对女性作为一个完整的"人"的肯定，其次是对女性自我估价及价值选择的尊重。然而《未曾谋面的爱情》到底还是一场悲剧，从"我"成了艺伎这样的结尾我们依然无法看到女性走向完全独立的一个十足光明的前景。然而作家还是倔强地向我们说明，女性对待男权秩序，无论是对抗也好，顺从也罢，哪怕是坚定的维护，她们的选择都应得到社会的尊重与保护，毕竟自律都将是女人成为一个独立的价值载体从而摆脱"他者"这一可悲身份的必经之路。

经由对金仁顺上述三部作品的分析，我们可以清楚地梳理出作家性别姿态的一个循序渐进的变化过程。从最初本能的反抗，到对这种反抗的质疑，再到性别上的自我反省，最后走向一种更高层次的精神与肉体的自律。金仁顺将目光越来越多地置于女性自身，以期通过女性自身的完美来实现女性的自主与独立。也许，"不卑不亢"这个词，对一些女性主义者来说，可能会有一些启发意义。

生活何以刻骨铭心

"我从这辈子都让我刻骨铭心的经历中走出来，却开始讲述一个又一个属于别人的刻骨铭心的故事。我喜欢刻骨铭心。"王可心这样谈论自己的创作。如果单看她的小说，我们似乎不太会想到它们出自于一个年轻的女子之手，刚硬、坚忍、残酷，没有柔情似水，没有花前月下，倒似北方的冬天，有一种万物凋零的肃穆和刚烈。有时不禁会想，一个女子何以钟情于此般景象？一个女子何以如此冷酷？从《刻骨铭心》到《头顶一片天》，王可心越来越决绝地去探寻生活中的"刻骨铭心"，一次又一次地揭开生活的疮疤，冷静得像个事不关己的外科大夫。

一、始于"破碎"

王可心的小说大多有一个破碎的开始，这本身带来很强的断裂感，一切来得莫名其妙，一切又来得不可拒绝。长篇处女作《刻骨铭心》开始于被切掉四分之三的季节——"一个冷冬,风大,雪大"。女大学生林小溪也如同这没有更替的季节一般,即将走过大学最后的日子,在等待学生时代最后一个元旦,最后的狂欢。然而,在学校卫生所,林小溪却等来了一个意外的消息:她怀孕了。学校丝毫不讲情面,为了掩护自己心爱的人,林小溪放弃了"留校察看"的机会,在宿舍躺了两天,毅然带着行李和开除通知结束了自己尚未结束的大学生活。这结局就像直接到来的冬天和直接快进到最后的大学,来得干脆又不可抵抗。这本可是一个风花雪月的故事的结尾,但在王可心那里,它预示了另外一个故事的开始:"当人们热烈地谈论她和她的爱情故事时,她正在家里,看着肚子一天天长大"。一年以后,芬县火车站,林小溪带着鼓鼓的行囊和襁褓里的婴儿,带着决绝也带着茫然,去寻找销声匿迹的恋人。对于林小溪来说,她的生活才刚刚开始,而这所谓崭新的生活,却已伤痕累累。

王可心的"西山系列"更是如此。西山之于王可心,简直成了一个解不开的心结。这里曾经是法场,身首分家的地方;这里是吉林市最穷的人和打工者居住的地方,肮脏、拥挤、杂乱,四个季节里有三个它都臭气熏天;这里也是王可心小说生长的地方,她让小说里的人生在西山,长在西山,妄想走出西山,又彻底困死在西山。西山已然成为一个被遗忘的角落,成了城市肌体上一块化了脓的疮疤。当一个人与

西山有了难以斩断的关联，它似乎就无须证明地与破碎、绝
望、无力画上了等号。四十二岁的杨八（《头顶一片天》）根
本就是个废人，虽然是个瓦匠，不但原来手艺不行，从脚
手架上掉下来还断了胳膊，从此不能打弯，更是什么也干不
成。可家里还有两张嘴，等着饭吃。闲逛的杨八在某天恰当
地被人挤了一下，迎头撞在电线杆的一则小广告上。有人要
买肾，卖他一个便是。饭总是要吃的，家里的老婆孩子也得
养活，反正除了身上的器官，杨八什么都没有。兴许卖肾的
钱能让他开个肉串店，能让他成为整个西山最富有的人，或
者，一个藏在杨八藏在所有西山人心中的秘密，一个王可心
想说又没把握说出的秘密——离开西山，再也不回来。其
实，陆大壮（《乐园东区 16 栋 303 室》）也是这么想的。陆
大壮替人顶罪进了监狱，作为交换，他要一套三室一厅的楼
房。这当然不在西山。陆大壮好像成功了。当他提前从监狱
里出来，买了新衣，剃了头，又在浴池泡足两个钟点，泡掉
了身上的晦气，挺直腰杆走向乐园东区，一个有着防盗门，
有着门铃，与西山截然不同的去处。陆大壮被父亲老陆定性
为家里的功臣，没有他，陆家可能永远窝在西山；没有他，
弟弟陆小壮可能就要打一辈子光棍——毕竟没有哪个姑娘会
嫁给西山郎，西山的姑娘也不。看上去，所有试图离开西山
的人都要付出代价，或是一个肾，或是六年的光阴，或是其
他什么东西。这好似千百年前种在西山的一个诅咒，盘踞于

此，阴魂不散。

《西山谣》里那突然而至的春节和突然而至的感冒，让毛四和彭艳艳有了相遇的可能，《风往哪边吹》里若是那股无名火没到爆发的时刻，小刘的妻子也不会从楼上坠下。破碎的起点和被斩断的叙述，让小说占据了情感的制高点，也为故事的真正开始提供了更大的自由。当情感被无辜地推向冶炼高炉，当生活被迫处于崩溃的临界线，堕落被赋予了额外的宽恕，抵抗也蕴含着成倍的光荣，更大的绝望，更出乎意料的转机，似乎都在一个破碎的开始之后，变得合情合理，变得毋庸置疑。

二、最坏的结局与被省略的前提

既然西山如此可怕，或者说王可心让西山变得如此可怕，它就会这么算了？让杨八成了富人？让陆大壮稳坐乐园东区？不可能，西山正在酝酿着报复。杨八以为自己遇上了好心人，卖肾的十五万元给得痛痛快快，以为那个开着悍马、沉默寡言又跟他称兄道弟的李大国真把他当成了自家人。可是当杨八的肾不能在李小会体内正常工作的时候，李大国盯上了杨八的儿子杨乐宝。确切地说，李大国盯上的是杨乐宝那只年轻的，十七岁的肾。杨八再也没法摆脱李大国。李大国简直无处不在、无所不能，他把杨八逼到墙角，他让杨八想到了"黑社会"——一个遥远而陌生，如今却步步紧逼扎向他脑门的词。西山何以拥有了如此阴邪的法力，让一个敞亮的人，一个细致的人，一个西山之外的成功的人，变得贪婪、无耻、暴戾、阴暗？难道只是为了他的姐姐，他的天？天，杨八也有，杨乐宝就是他的天。为了他的天，杨八捅了李大国的天，准备好的电工刀没派上用场，倒是他那条好用的左臂掀起被子，让李小会在里面挣扎了两下就放直了身子。可是，这又有什么用呢？西山就是他的宿命，在西山外的人看来，他杨八的天甚至整个西山的天，都不值钱，它们理应成为一个可以被任意践踏、任意侮辱、任意买卖交换的配件，或者它根本就不是什么天，只不过是倒映在西山臭水洼里的一片天的影子。杨八到底是毁在了西山，他逃不掉的，因为他动了逃离西山的念想儿，西山就要狠狠地惩戒这个弱小无力又蠢蠢欲动的叛逃者，就像报复陆大壮一样。陆大壮以为自己真的成了功臣，却发现自己的归来让整个陆家剑拔弩张。至于婆婆和媳妇怎么较上了劲，陆大壮怎么打了媳妇的耳光，家里的吵闹怎么让老陆急性脑出血，这都是家庭伦理剧的老套路，但问题是，一个所谓的功臣，怎么就落得无家可归？陆大壮是王可心笔下罕见的"成功者"，至少他在西山外有了一套房，他本该烂在西山的身体在外边有了一个去所，那是他用六年的自由换来的，更是他逃离西山唯一的出路。可西山的报复是爆炸性的，陆大壮几乎被震得粉碎。被逼无奈的弟媳铃铛上演了一出被强暴的大戏，它有力地将陆大壮驱逐出了乐园东区。然而，这显然不够，西山也好，王可心也罢，他们似乎要陆大壮这个西山的叛徒永世不得翻身，或者更严厉些，断子绝孙："我就干不了那个事"，"在里边的时候，全骨盆骨折，下边也坏了，听懂没？"

一切都指向一个最坏的结局，于是问题似乎在慢慢浮现。原来王可心并不是小说里说一不二的裁决者，西山才是，是西山挟持了王可心。因为苦难，我们会在心中原谅他们走投无路时的暴行；因为苦难，我们会下意识站在他们一边。当我们面对困在西山的男男女女报以无限的同情和怜悯之时，何尝不是充当了西山的帮凶，贪婪地汲取着付出同情后的情感满足。在整个事件中，没有人需要承担责任，也没有人在充当看客的同时还恐惧于自己的脑门上是否写着"凶手"二字。也许这时候，我应该为之前对王可心是否残忍的猜测表达某种歉意，因为那些有关西山的文字暴露了她的无力和软弱，或者，更多是无奈。西山是无处不在的，它几乎成了一个时代，一个国家无法回避的尴尬难题，它被冠以一个冷酷而决绝的名字："底层"。活在西山的人们在那道无形的围墙背后哭喊、挣扎，相互扶持也相互倾轧，他们在是否走出去与是否能走出去中绝望、漠然也自得其乐。事实如此，你能要求一个弱女子怎样？问题在于西山怎么变成了今日之西山，小说中最坏的结局与被省略的前提——那些"破碎"之前的故事——到底存在着怎样的关联。从"西山系列"我们可以看到王可心对杨八、陆大壮们的同情和关切，但在此之外，是否还有必要的质疑和追问？疑问被完全带入到那些省略的前提之中，王可心用冷静的、抽离的态度制造了一个又一个最坏的结果，却把产生结果的原因深深地隐藏起来。这让我想到了那些老照片，我们看到其中或悲或喜的瞬间，却难以探知那一瞬间背后的故事。不管怎样，这些老照片都将作为一种记忆，成为地方志的一个片段，成为记录时代全貌不可或缺的一部分。"西山系列"又何尝不是如此？

三、额外的赠予

人生的窘迫、苦难、无力、耻辱和无视耻辱是否与贫民窟、打工者、一个城市最脏乱差的区域有着天然的、无须证明的关联？毛四和彭艳艳（《西山谣》）在这里背叛了王可心也背叛了西山。一个是租住在西山的打工仔，不舍得把钱花在路上，过年也不敢回家；一个是同样租住在西山的独身女子，让人一看就知道她是"做那种生意的人"。因为"上呼吸道感染"，这两个同在西山本不相干的人偶遇在社区诊所，照例是为了省下大医院里必需的挂号费。孤独的人是脆弱的，生了病更是，再加上大年夜。两个孤独的人由此开始攀谈，直到彭艳艳自然地挽起毛四的胳膊，"走吧，到我那里去喝酒"。在彭艳艳租住的小屋里，一切变得温暖而纯净。几个家乡的小菜，两杯家乡的老酒，直到二人伏在桌上晕睡过去。第二天早上，毛四留下了整整齐齐的二百元钱，因为想"正儿八经地给彭艳艳一个价儿"，也为昨晚没包饺子没放鞭炮的愧疚。后来，当毛四和彭艳艳再次相遇，女人把一个纸条塞给男人，"以后再有个头疼脑热的，身边还是有人好，你给我打电话"。如果说王可心在《头顶一片天》《乐园东区 16 栋 303 室》里试图建立起苦难、可悲与西山间无须证明的逻辑关联，让人看到在那样一个肮脏混乱，充满陷阱的地方，杨八、陆大壮们如何被生活无情地嘲讽玩弄却无能为力，那么《西山谣》则走向了它的反面，让人意识到在这个可怜人的聚集地，依然闪烁着斑斑温情，倔强地残留着质朴的人性的光辉。

《两小无猜》与西山的恩怨看似没那么深，却也与《西山谣》有着异曲同工之处，甚至，完成得更加机敏。两个要好的同学在考试中"互相帮助"，大刚被抓了出来。是谁在协助作弊？郝雷。校方解释说他们核对了大刚周围全部同学的笔迹，而事实的真相让郝雷的母亲感到惊讶：大刚毫不犹豫地出卖了自己的朋友，以换取不被记录在档的可能。这在一个成年人看来是不可饶恕的背叛，"她还是第一次因为儿子有这种刀割一样的疼"，在他们的思维里，高考是一个西山孩子离开这个地方唯一的出路，他们害怕这种帮助更害怕这种背叛，因为"发生在高考时那将是灾难性的"。母亲忍了好久，还是决定把真相告诉儿子。小说的结尾，是两个孩子骑着自行车冲下西山，依然搂脖抱腰打闹不止。后来父亲问儿子，如果高考再有人给你传纸条怎么办？儿子回答，我就当看不见，"即便这个人是大刚"。我们是否应该相信这个回答？是否相信一个内心空如白纸的孩子经历百转轮回最终还要进入西山的逻辑？答案只有郝雷知道。从这个意义上说，《西山谣》和《两小无猜》将西山补充完整，我们由此才得以看到西山的真实面目：西山并不可怕，它不过是我们的日常生活。它穷一点儿富一点儿，脏一点儿干净一点儿，混乱一点儿有序一点儿，都不会有什么变化，它今天存在于那里，明天便可能被拆迁的钢爪一扫而光，即便被毫不留情地从城市规划中抹去，它也依然关照着杨八、毛四们的生活，如婴孩，如魔鬼。

现场记事与科学畅想

——胡冬林散文印象

　　近年来，无论是生态写作还是与之相关的生态文学研究都可以说是文学界这个大戏园子里的当红小生，它在为我们提供一种新的文学视野之后，也产生了一些现实的社会效应。在吉林作家中，与生态关系最为密切的当然要数胡冬林。不管是作家本人还是他的创作，于当前文学样态中多多少少都显示出一些异质的东西：从《隐居作家胡冬林曝长白山"杀熊取掌"遭"追杀令"》这类新闻标题不难看出，除去作家的身份，胡冬林还是一个实际行动着的环保斗士；对于自己的写作，他也毫不掩饰其中功利的成分，坦然地将其看成是保护野生动物的一种手段。但是，我并不想用生态写作来诠释胡冬林的散文，因为这种概念式的大帽子反而会遮蔽其中某些细微的文学元素和直观的阅读体验。

　　读胡冬林的散文，第一个印象就是长。《原始森林手记》《狐狸的微笑》《青羊消息》《蘑菇课》等代表性作品动辄就是三五万字，这对于散文写作来说可以称得上是一种"怪现象"。那么，胡冬林的散文为什么这么长，或是说这种篇幅背后又包含了什么重要的内容？我们不妨从他的写字台谈起："一棵直径一点五米的大青杨的旧伐根圆盘当桌面，四截短原木轱辘摆在四周当凳子，旁边立一根四尺高的原木，绑上一把灰色遮阳伞，短树杈上挂着我心爱的望远镜和数码相机。"胡冬林说，这是他最满意的写字台。如果仅从这样的语句看，拥有这个写字台的可能是个颇有情趣的人，但是，当我们意识到它真实地存在于原始森林中，"有世界上最纯净的蓝天与星空，空气与河流；有时百鸟合唱，有时万籁无声；有时花香扑鼻，有时落叶纷纷；夏天有花栗鼠在旁边偷看我写字，冬天有紫貂在桌面的积雪中打转"，也就不难解开胡冬林散文篇幅巨大的秘密。这个写字台几乎承载了胡冬林散文最重要的特色——现场记事。散文的长来自于它所包含的信息量，因为这个独一无二的写作现场，周围一丝一毫的声响、变化，都将成为这种创作方式的有力支撑；同时，当作家沉浸于原始森林这般独特的场域，书写着自身对自然、生态的见闻与理解，必然分外珍惜在此获得的全部素材。有人说，一个好的写作者首先要对自己足够残忍，残忍地控制情绪，残忍地舍弃写作过程里那些情有独钟的"鸡肋"。胡冬林显然不是这样的写作者，在他的散文中，可以轻易地发现一些颇感突兀甚至打断叙事线索的内容。但这并不妨碍胡冬林成为一个出色的散文家，其原因在于其另辟蹊径甚至是剑走偏锋的写作逻辑。翻开《原始森林手记》，我们会惊讶地发现这部长篇散文的写作时间从2006年到2009年整整跨越了三个年头，在这三年里，细致到一天上午与下午的不同记事。所以，作家最想展示给读者的是素朴、真实甚至粗粝原始的现场感，那些中途冒出来看似琐碎的内容——或是有用的动植物知识，或是作者突如其来的感受——在扩大散文篇幅的同时，更为重要而直接地构成了这一写作逻辑中必要的关节。

胡冬林对原始森林生物及其存在环境的描写是引人入胜的，从风雪划过树梢的声响，到月光照到雪地泛起的星光，再到树林中一闪而过的诱人的身影，鸟鸣，鹿吟，森林中的求爱，水塘里的翻腾……当我们沉溺于此，胡冬林总能适时地把读者遥远的思绪一下拉回现场。在《狐狸的微笑》中，上山看狍子只是一个巧妙的引导："熹微中见一头狍子黑黝黝剪影，远远呆望我们，随后一纵一纵蹿入丛林，雪白后臀镜子般闪几闪便消失了"，就在我们陷入在这种怅然若失的情绪之时，"前方传来鸦鸣"，低音喑哑，满含警告。用鸦声打断这思绪远还不够，"胡老师，记住啊……"一句话犹如突袭而来的寒风，让满脑子森林畅想的人不由地打了一个激灵。这句话在天光初现，四野灰濛，森林的精灵在大雪与阴影的掩护下伺机而动的场景出现固然不是那么浪漫，但浪漫不是胡冬林描写山野的初衷。他一定要让读者紧随其脚步，不是作为远远旁观的人按照自己的想象再造一个虚幻的场景，而是与胡冬林同在，身临其境地潜伏在雪中，可以在暗光里模糊地看到领路人的脸，听到他质朴又充满山林经验的低语，与原始森林中的生灵万物发生直接的交流。《蘑菇课》也是如此。乍读起来，也许会感到奇怪，为什么"第一课"叫《夏末·和松鼠打了一架》，不是要讲蘑菇吗？讲的确实是蘑菇，而且是美味独特的榆黄蘑。胡冬林用了大量的笔墨来描绘榆黄蘑的样貌。先是颜色，"一种质地娇嫩平滑、吹弹得破"，"似荷清花（俗名鸭蛋黄）却略淡，比蒲公英花色稍浓，像驴蹄草花一样抢眼又不及它热烈"，"把风干的刺五加嫩叶芽用滚开的山泉水沏一下，泡出明澈碧透的茶汤，滴数滴在驴蹄草花的颜色中，可调制出十分恬静又稍许耀眼的淡金黄色"，"由素雅的草黄至顶级的鲜黄再到明艳的金黄，层层过渡，人眼几乎难以察觉"；其次是形态，"十几二十几株菇蕾紧紧相拥，呈不规则扇形依附在倒木上，生机勃勃、努力向上"；再接着是味道，"它散发着野生蘑菇亿万年不变的鲜美纯粹的菌香，仿佛来自仙境"，"不张扬亦不做作，宁静幽悄融入四周小溪、苔藓、湿腐木、青草绿叶的清气中，只有将鼻子凑近去，它才骤然绽放本性，难以形容的鲜劲、潮润、沁凉"。这样的描写精准而动人，体味之时却发现它好似不食人间烟火，少了些许味道。当作者行走丛林，正沉浸在发现野生榆黄菇的惊喜时，树上的声响吓得作者"全身振震""汗毛直立"。是黑熊？是巨蟒？黑影晃动，一只灰松鼠从树权里伸出头来。灰松鼠吠叫着，作者则啧啧啧啧地咋舌声回敬，一来二去，在夏末的山野，胡冬林和松鼠打了一架。打架的过程妙趣横生，斗争的焦点归根结底还是落在了榆黄蘑上。作者正是为了榆黄蘑而擅闯松鼠的育婴房，没准也险些夺了松鼠一家的口粮。这场战斗以"我"的歉疚终结，"尽量俯低并蜷缩身体，放轻脚步，慢慢后退"。原本止于样貌、止于形态的榆黄蘑正是因为这突如其来的小惊吓与小战斗才在文章中变得鲜活而实在，令人触之可及。这种心有旁物的现场记事不但让读者对榆黄蘑有了全面而形象的认知，更使散文变得意趣丰盈。

在动物观察与研究中，迹象的收集与整理是被广泛应用且行之有效的手段，其中一条重要的原则是就区分迹象的事实与假设并将之有机结合、合理使用，依此产生的野外观察记录和研究报告才真实可靠。使用同样的观察手段，胡冬林的产品不是生物学报告，而是散文。于是，扎实可靠的科学方法和具有充分想象空间的文学创作一拍即合，衍生出一种奇妙的写作样态。《山猫河谷》则是对这种写作样态最好的诠释。散文描述了一只山猫在雪后的山野游走、捕猎的经过。山猫步履轻盈地穿行于丛林，"一个个桦树叶大小圆圆团团的足迹排成单行蜿蜒远去"，它时而站住久久观察，时而为了更清楚地辨别空气中游丝般猎物的气味在蓬松洁净的雪中涮涮口鼻，清除鼻腔里的浊气。它终于发现了猎物，潜行，准备，"以具强劲弹跳力的后腿蹬地，身体如弹簧在空中弓屈舒张，前掌利爪疾若闪电，奋力勾抓"，怎奈何榛鸡群"拉响警报，纷纷从雪下跃出升空，雪尘飞溅，雪雾腾腾"，即便山猫再灵敏，"也只沾榛鸡侧肋，搂下一簇羽毛"。山猫一时被惊呆了，恍惚望着猎物四散飞蹿的身影，"自尊心遭严重打击"。这是雪后山林中如何动感而富有诗意的一幕，它是那么翔实而鲜明地映现在我们眼前。但无法忽略的是，这一幕幕并没有在我们面前上演，甚至作者自己也不曾见到，它是由胡冬林根据雪地上的足迹和捕猎现场纷乱的雪迹判断、猜想而成的。当然，文章也同样展现了迹象在动物观察中的神奇功绩。三厘米厚的白雪十分理想地呈现出动物的体征，由"比家猫足迹略大，四个前趾印像四粒大芸豆粒呈半椭圆形紧凑排列，外侧两粒稍大于里面的两粒"断定出行者必是山猫无疑，"掌垫印似小云彩卷，上凸下凹，左边一个卷，右边的一个卷，整个足印四周被毛茸茸的雪轮廓衬托，趾与掌之间有走动践踏带起的雪尘"，进一步形象地描绘出山林精灵的勃勃生机，"一双前足印之间的雪地上有个浅雪窝，很像孩子毛茸茸的手套在雪上来回擦蹭留下的……在浅雪窝边缘，隐约可见四五条细长刮划纹印"则是山猫在雪中清洗口鼻搜寻猎物的有力证据。胡冬林这次没有刻板地遵循直观的现场记事，而是更多地展现了科学想象与文学叙述相互融合的魅力。这种写法比单纯的观察笔记血肉丰盈又充满灵动的诱惑，同时还比纯粹的文学构想多了一份安心可靠的专业保障。不难想到，一个专业的动物研究者不见得能将山猫的寻游与捕猎乃至心灵波动以如此生动的文字呈现出来，而一个不具备专业动物观察能力的写作者可能面对清晰鲜明的动物足迹无所适从。但是，胡冬林同时完成了这两项不轻松也不简单的任务，这种基于专业观察与研究手段的文学想象，让他的散文大放异彩。

胡冬林散文中被着重强化的现场感和奇妙的科学想象为人们提供了丰富而独特的阅读感受，它不但突显了文学创作的审美力量，同时在某种程度上也达成了科普的现实效益。在此，我们不妨回到胡冬林为森林写作的初衷，从那现场感和科学想象的角度来看，"森林"和"写作"同样分量，决无孰轻孰重。

发于幻想，止于考据

《巨虫公园》是胡冬林的一本旧作，首次出版是 2011 年，至今也有几个年头了。这些年里，一直因为它是一部儿童文学的创作而始终没有进行细致的阅读，因为在我的印象中，山林、野兽、艰苦的丛林生活才是为胡冬林创作之正宗。借这次研讨的机会，细读了《巨虫公园》，却发现胡冬林也有他丛林硬汉之外的另一面。

当然，要谈胡冬林的这本《巨虫公园》，还有必要从国内儿童文学的创作的总体状况说起。纵观 1949 年后的儿童文学创作，说教多于情操的陶冶，意识形态的灌输多于知识与审美的传播和培养，或是以成人的视野一厢情愿地讲述成人世界的潜规则，谈做人，讲立志，读起来味同嚼蜡，或是以伪儿童的角度走科幻路线，胡编乱造，让人不知所云，既是写作者的不自重，又视当下儿童为一无所知的傻子。我想起一位新为人母的朋友曾经说过的话："我给他读安徒生，给他讲希腊神话，甚至给他读《北方的河》、读别林斯基，讲艾未未装置艺术的设想，也拒绝给他看什么《儿童成长必读的100篇故事》之类，我做过图书编辑，知道这些故事是怎么来的，我希望我的儿子在一开始接触的就是最好的文学创作和最真挚的人类情感，而不是十天半月就拼凑起来的'必读'名头。"这种说法固然略显偏颇，书生气十足，却也不无道理。其中值得我们思考的问题就是为什么一个母亲会对我们当下的儿童文学或者说针对儿童的创作产生如此强烈的抵触心理和不信任感？其实窗户纸一捅就破，只因它们不能满足一个孩子或者是一个母亲对阅读的需求。虽然我们不能说这是一个完全开放的时代，但无书可读，没有故事可讲的年头已经过去，我们不再相信武工队收拾不了的鬼子中队会让一个半大孩子一夜之间连人带炮楼一起端掉，更不相信地主老财必须把脑袋插进鸡窝里才能让长工们起床工作，我们需要的是可靠而富有美感的作品。

刚开始读《巨虫公园》，看到纳米虫、微缩技术，不免有些担心，怕它再走了伪科学、伪科幻的路子，但是很快就放心下来，因为从细腰蜂的巢穴、骷髅蛾的鸣叫、蜂房的细密构造等一系列描写，再一次看到了跋涉山林拿着小本和相机记录生物特性的老胡。他孤身蹲守长白山数年的经历足以让我们相信这本小说在有关生物的描写上是真实可靠的，即便是作为一本百虫谱也可以放心交给孩子阅读。更为可贵的是，胡冬林能够将这些具体琐碎的昆虫特性巧妙地编织成一个纠结人心、很能调动起读者阅读兴趣的长篇小说，使得知识性与故事性得到了良好的融合，这是那些单纯编故事或者纯粹讲知识的儿童读物所望尘莫及的。

当然，这部小说也存在它的问题，其中让我感觉最为明显的一处就是语言。在部分人物对话和场景描写中，东北味太重。虽然我现在操着一口东北话，但并非土生土长的东北人，因此有些语句在我这读起来可能更为明显。儿童文学不同于一般的小说创作，对后者来说，语言的地方特色可能会成为一部小说的加分项，但对儿童文学来说，语言的规范和准确大概需要给予特别的重视，毕竟从孩子们的理解力以及儿童文学在引导孩子语言学习等角度看，儿童文学有它特殊的地方。

不管怎么说，胡冬林的《巨虫公园》都是一部不可多得的儿童文学创作，不仅其中的知识准确可靠，而且故事性也很强。从某个层面看是发于科学幻想，但最终起到起撑作用的还是胡冬林多年关注生物、进行科学考察的实在底子。

一碗纠结的红烧肉

——读景凤鸣《精神》

猪肉很多人都吃，猪却总被人拿来调侃。当然，用猪来修辞的话大多也不是十分恶毒，泄愤之中还带着那么一丝宽厚和无奈，大概是因为猪憨厚，因为猪无辜。可对于景精神来说，这样的话也是接受不了的，猪就是他的事业，就是他的理想，就是他的生命。他的猪，叫"道德猪"。

景精神来自于景凤鸣的长篇小说《精神》，这总让人忍不住去猜测——亲戚？还是一个村的？谁都知道小说是假的，或者拿腔拿调叫作"虚构"，说书唱戏而已，可景凤鸣和景精神就是让人觉得脱不了干系。读过几页就会发现，这是一本个人理想之书，不管别人怎么想怎么看怎么做，景凤鸣或者景精神，都有一种不为所动的信条。

景精神眼前的日子当然是好起来了，可许多年前也是颇为传奇和坎坷。景精神当年被推荐上了大学，之后出人意料地又回到当初"起飞"的地方继续战天斗地。于是，"轰动一时的行为，造成轰动一时的名人，景精神成为扎根临秋末晚的新榜样"，别人的困惑阻挡不了他"坚守大队书记岗位、带领全体村民按着上级的指引和公社的指示'学大寨赶小乡'的壮志行动"。当然，这也就为之后的故事埋下了一粒种子。时代变换，作为"公家人"的景精神成了民营企业的老板，主要的业务就是养"道德猪"。小说当然写得很充分，大规模的养殖麻烦多多。把猪崽儿签合同卖给养殖户，到了出栏按合同价回购，可总是有人把签过合同的猪私自卖给猪贩子；"道德猪"养殖时间长，饲养成本高，价格自然下不来，可放到市场上到底谁来买单就成了问题，于是开拓市场、培养客户都是步步惊心；流行病暴发，快要出栏的猪一批批地死掉，这些损失是由养殖户还是企业来承担，也是尽费周章；员工、家庭、各地办事处、各个养殖场，哪里没有事？一切都得由景精神亲自摆平。这并不是说景精神手下就没有能办事的人，无论是成阳还是柳芭，赵红还是景秀敏，都是解决问题的好手，可景精神有他自己的一套原则。

景精神让人在脑子里恍恍惚惚飘过吴荪甫的脸。一个民营企业家或一个民族资本家，除了赚钱还有更高的理想。吴荪甫在家乡大办实业，在上海广开门路，他立志振兴中国民族工业，认为让买办金融资本支配中国工商业是断送民族工业的举动，他创办益中信托公司是以它为阶梯完成孙中山昭示的"颇有海上三仙之概"的"东方大港"和"四大干路"。而养猪对于景精神来说，"养猪确已不只是养猪，而是什么呢，是一项饱含道德和科学的事业或产业。景精神要通过事业或产业，这两个模棱两可其实是一回事的'业'去提高人，通过提高了的人再反哺两个'业'"。这也就不难理解作者为什么把景精神养的猪叫作"道德猪"，因为赚钱事小，"培养农民"事大；讲故事事小，彰显某种精神事大。但是，吴荪甫的理想可以做起来，但景精神的理想让他自己也时常焦虑和纠结。改造"人"不比把企业做大做强，它本身就是一件摸不着的事情，也不是通过一招一式就可以产生效用。对于景精神心目中的"人"，具体来说是小说里的农民或养殖户，合同也不见得起作用，感化也未必可行，协会或"五户联保"也没有多大威慑。景精神不是看不明白，可能是故意看不明白，他知道人的改造不会轻而易举，却执意要成为数百年试图改造"人"的长河中那一片被打了水漂的石头。其实小说想说的和景精神想做的，大概是·回事，那就是不求回报的付出和不见得有效却一直做下去的"精神"。

也许这个时候，我们应该沿着小说替景精神想一想，到底是什么成为他最大的牵绊？小说有一个情节非常重要："景精神想起他十九岁时出任生产队队长，那份被现实与历史封存的记忆，想到他当年全身投入的生产队与目前全身投入的协会的关系，想到对他来说协会是否就是生产队的替身，才如此吸纳他的理想，让他热情投靠。"无论景精神在小说里如何决绝地否认这种关联，自我安慰地说一个姓公一个姓私，小说都向我们呈现了一种不可回避的矛盾和一种难以取舍的心灵归属。对于景精神这样一个由生产队到国企再到民营一路走过的人来讲，姓公姓私已经不是一个政治经济学的问题。经济体制可以变革，可一个人的青春和大半辈子的情感以及记忆如何变革？这本身就是一种难以调和的矛盾。这也就是生活或现实的多样与复杂，道理都清楚得很，可生活的展开和继续有多少是按照道理来的呢？就像很多从那个年代走过的人，提起上山下乡深恶痛绝，但在言谈中常常流露出某种温暖和怀念。也许合作化与国企的运行方式早已融进景精神的血液，当他变成一个民营企业家去实践他的理想之路时，那些早已离开他生活的生产机制就会在无形中被激活，成为他陷入困境时要去奋力抓住的救命稻草。景凤鸣在小说里自始至终也不忍心让他心爱的景精神去面对这样的尴尬，但时代或现实的无情恰恰在这里体现：当一个时代过去，一种生产方式被证明是错的，那么一个人应该如何回望自己被卷入其中的大半生，应该如何继续接下来的生活？

想着景精神，想着"道德猪"，今晚的红烧肉吃得分外纠结。

走出乌托邦之后

——读王怀宇《心藏黑白》

　　从某种意义上说，乌托邦标示着人们对社会与人类价值的最高理想，但仅仅是理想。当一些事物在实践层面失去可能，乌托邦就成了人们最后的避难所，愤怒、悲伤、绝望种种情绪都可在此得以化解和慰藉。但是，有谁又能成为乌托邦的常住民？现实如梦随行，没人能够逃开。王怀宇的新作《心藏黑白》恰恰向我们展示了这样一个世界。

　　"雄心勃勃的郑少雄名牌大学毕业后来到厅机关工作多年，虽然付出了太多太多的真诚和太多太多的努力，但还是无法适应机关复杂的人际关系和某些机关人为争名夺利相互间钩心斗角的氛围，多年过去仍无法逃脱爱情和事业双败的命运。"一个青年的真诚和努力何以换不来相应的回报？小说里一个词用得极其准确——适应。适应就是说你无论有多大的道理，有多大的付出，在它那里都不作数，得按照它的规则来。于是这里就有了抵抗、驯服、博弈等多种可能。而对郑少雄来说，似乎一切都没得商量。郑少雄始终心怀文学梦，却到底也无法理解在闲时写写小说、散文的消遣方式与办公室里看一张报纸、喝一杯浓茶有多大区别。后来他渐渐明白，人们其实并不关心你是否安心工作，他们更关心的是你是否自命不凡，是不是让他们觉得不安。对于机关的生存方式，郑少雄不是不明白，而是根本就不想明白。他有时也会绝望地质问自己："你为什么不准备一个大茶杯呀？你为什么不把那些城市报纸的正文以及报缝里的各类小广告看上一遍又一遍？你为什么不加入他们串门聊天侃大山的队伍，把花边新闻添油加醋搞得如盛开的玫瑰花呢？你可以去寻找机会和打字员小姐开几句暧昧的玩笑，进而有意无意地摸一把她那丰满的胸脯和那浑圆的屁股；你也可以和那几个无聊透顶性欲亢奋的少妇调调情啊，让她们一夜之间容光焕发找到第二个春天；你也可以去找找那个新来的厅机关党委书记呀，谈谈你的思想为什么进步如此缓慢，好让机关党委书记丰富的党务工作经验派上一些用场……"作者在这里几乎全面描述了郑少雄的生存环境，但郑少雄无法与他所面对的状况和解，这种绝望的质问本身就是毫不犹豫的拒斥。小说在此并没有走向简单的道德评判或说教，它写出了其中的无助、诱惑、纠结和抵抗，它让我们看到的是一种从现实生活的血肉中走的价值判断和生命抉择。

　　当然，现实在一步步地挑战郑少雄的底线。处室集体出游时，郑少雄偶然遇到了在树丛中苟且的李治国和唐小卉。这对他的世界无疑是一种刺痛。郑少雄年过三十，却一直对大学时代的恋人林雨桐念念不忘。与其说林雨桐的美貌和高傲让他无法释怀，不如说郑少雄借助林雨桐所建立起的爱情乌托邦使他在情感上向这个现实世界关闭了大门。唐小卉与李治国、葛副厅长的私情或者其他男女间的情感纠葛本不与郑少雄的生活构成直接的利害关系，但这些赤裸裸的肉体交易不断冲击着他的爱情乌托邦，也正是这种冲击和挤压下，一方面生出的是郑少雄对自己情感信念的坚持和强化，另一方面也滋养着他在感情上的悲观和绝望。尽管他也曾试图努力冲破这种心灵枷锁，仿佛是强迫自己和赵红梅谈了一场无果的恋爱，但最后换来的只是对别人的伤害和心里那段痛苦往事的反复上演。然而，与冯雪莹的相遇几乎让这个在爱情上走向绝路的男人重建生活，怎奈何这个给了郑少雄以希望的女人因自己不堪回首的过往又悄然离开了他的生活。正如郑少雄后来对人类生活的理解——男女——他基于纯洁爱情美好向往建立起来的精神世界随着冯雪莹的离开几近崩塌，这也就拉开了郑少雄自我放逐的大幕。

　　至于是否中了五十万元的彩票并不能成为郑少雄转变的关键，而更重要的是在所谓的顿悟中，他完成了对自己三十多年生活的背叛。他成了原本抵触的"规则"里的投机者，成了在感情或者说欲望游戏里不断"历练"自己的"猎人"。这时候，郑少雄好像走出了自己建设的乌托邦，但结果呢？作为李治国二婚伴郎的郑少雄惊讶地发现新娘正是自己朝思暮想的恋人林雨桐。当他像当年一样把林雨桐拦腰抱起，心境却完全变了："那时的郑少雄仅仅是一个刚刚知道初恋的小男孩儿，而现在的郑少雄则是一个久经沙场的老猎手。那时是爱情，现在是欲望。"当发现自己珍藏于心底的爱情就这样被糟蹋，已然毫无禁忌的郑少雄意外却又并不意外地强暴了自己的梦中情人。仿佛一切都结束了，伴随着那作为情感寄托的二十三颗半棋子被丢进垃圾箱，郑少雄的生活才刚刚开始。

《心藏黑白》在纷繁复杂的官场斗争中描画出一个心怀理想的年轻人从坚守到自我放逐再到猛醒并重建生活的人生轨迹。小说似乎有一种把美好的东西毁灭给人看的决心。但就在这些充满纠结、矛盾、无助与撕裂的艰难历程中，王怀宇在现实与乌托邦之间建立起一种有效的关联。我们很难说郑少雄最初的理想就代表着道德、公理或正义，但它构成了被异化现实的有力参照。小说没有走上从抗争到妥协的老路，而是在某种精神乌托邦崩溃之后重拾一份扎根于现实生活的精神力量。正是在这样的努力下，对社会现实的强烈批判与对人类精神世界的深刻自省相映生辉，而贯穿小说始终隐喻着非黑即白象征着权力斗争与钩心斗角的围棋被决绝丢弃，则回答着走出乌托邦之后的选择。

日常无小事

——孙学军的 2014

2014 年是孙学军在小说创作上喷发的一年，从《出轨》到《老赵的头发》再到《俯卧撑》，每一篇都显示着一个作家以文学介入日常生活所面临的焦灼与安宁。很久以来，我们常常有一种偏见，那就是最好的文学作品一定是面对大时代、面对大历史，然而它所忽视的，就是到底什么构成了大时代与大历史。一种没有个人的时代是可怕的，而一种没有细节的历史可能隐藏着某些见不得人的企图。唯有个体可以站立，生活细节可与历史对接的大时代、大历史、大题材才是可信、可靠的。孙学军的 2014 年正是积极面对个体、描摹生活细节的努力尝试。

我们知道，孙学军最初的小说常常离不开公安题材，但公安题材对普通读者来说包含着太多的不可知因素，它一方面形成了阅读的新鲜感，另一方面也带来了阅读判断的模糊和困难。渐渐地，孙学军的小说转向日常生活的普通经验，这如同在他的小说里打开了一扇共识的大门，让人们在阅读孙学军的同时，也能够阅读自己。

《出轨》开始于刑警常军和线人的对话，但这对话跳出了警察和线人的关系："如果有个男人让你戴了顶绿帽子，你会怎么办？"一句话便把小说拉向了日常生活，拉向了普遍的情感和伦理。小说进行得缓慢而细腻，一个刑警繁忙的工作让他和妻子张梅梅的关系出了问题，夫妇间的冷淡，张梅梅工作的调换，让常军心存疑惑。小说细致地将一个刑警的日常生活拼接完整，线人需要联系，疑犯需要审问，重案要案一出就是几天不着家，就在这忙碌之中，感情问题依然需要面对。于是，有了常军和餐馆老板娘的朦胧之情，有了跟坐台女小云的越界之举，当然也有了对假想敌王小虎的仇视和调查。然而，生活的出人意料恰恰在于它并不按照小说家的想象行走，小说所有的铺垫既无效，也有效，无效在于它并没有成为故事结局的一个必要条件，常军的种种猜测都被粉碎，倒是自己完成了出轨的事实，而它的有效则在于，这些零零碎碎的细节，正是使生活从一个抽象的概念化为日常的关键所在。

《老赵的头发》到底讲了一个什么故事？好像什么都没说。一人的头发由盛到衰、由密到疏，这应该是一种无法抗拒的生命规律。但是，如果我们仅仅以这种方式理解生活，理解《老赵的头发》，可能到最后获得的都将是虚无，是生

命的终结，是两手空空。《老赵的头发》本身就是一个有些
无厘头的故事，老赵和朱有礼是一对欢喜冤家，都是松镇
有名的文艺青年。当年的老赵有着一头飘逸的长发，再加上
在文化站工作，无疑是镇上明星式的人物，而所谓明星，就
是很受文艺女青年们欢迎的人。朱有礼的画说来要比老赵画
得好，可是朱有礼没有那一头长发，这让他在老赵面前总有
些尴尬。故事真正开始于朱有礼绘画班上一个叫柳燕妮的学
员。虽然朱有礼已经结婚，但面对柳燕妮还是动了心思，而
老赵则是像一个电灯泡一样被拉去观摩艳遇的。当然一切都
是一厢情愿，至于两人多少次扑了空，又是怎样见到柳燕妮
的，孙学军也说不清楚。反正事情到最后是竹篮打水一场
空，朱有礼有关艳遇想象的破灭和老赵的婚姻让柳燕妮在故
事里告一段落，这时的生活才不可挽回地滑向了衰老、枯燥
和无趣。原本情场上的对手，成了庸常生活的战友，虽然柳
燕妮试图重新进入故事，但她只是成了证明日常生活之不可
抗拒的镜子。剃了光头的老赵买来假发期待着跟柳燕妮见上
一面，可是柳燕妮根本没有出现，倒是老赵的老婆抱着他的
光头，心里踏实了许多。在这些日常生活的徒劳之中，我们
看到的便是生活成其为生活的零零碎碎，结局的虚无并不妨
碍这些碎片在不经意间闪出光亮。

《俯卧撑》本身就充满着日常生活的安逸。张帆和冯娜，
两个有故事的人走到一起，但谁也不想把过去揭开而打破当

下的平静。这倒是孙学军众多小说里颇见功力的一篇，因为如何处理故事里过去与当下的关系成为这篇小说的成败所在。怎样让它张而不破，又始终令读者意识到一个秘密的存在，是需要一些精巧的技术的。小说里张帆能够把生活的边边角角都处理得十分妥帖，冯娜又面对自己的生活有着全面而收敛的掌控，所以，小说人物之间的平衡与和谐在很大程度上打造起小说平稳的气氛。小说结尾那沉浸在幸福中的一家三口，成了整部小说的谜底，但这并非是一部专注于破解秘密之作，一个转折在这里进行得随意且平淡：是的，熟得很，她就是我前妻。小说更在意的是后面的事情："管他呢，让过去的那些见鬼去吧。说着，长出了一口气，像是把身体里淤积的所有不快都吐了出来。"

我们很难说孙学军是那类充满野心的小说家，但他在这些小说中紧紧地把握着那些日常生活的细节，正是这些细节，这些波动、这些有用或无用的事情，化作情绪，成为习惯，左右着我们去向何方。

必然与偶然之间

——有关《皇天后土》

"千百年来，当洮儿河两岸浩瀚的科尔沁草原上，那一代代百姓早已化为尸骨，被黄土掩埋；当他们那平凡普通又是艰苦卓绝的劳动创造，在大地上留下的遗迹，早已变得残缺不全和完全没有了当年的风采；当后继的子孙为了彰扬祖先的功德而立下的一座座丰碑，已经变得斑驳不堪甚至荡然无存……"这段写在前面的话可以被理解为《皇天后土》最根本也是最直接的一个创作动因。当然，这也就决定了这部小说，不会是身边人、身边事，不会是现下的小情调和小哀愁，也不会是由网络新闻拼凑起来的"当下中国"。《皇天后土》有着更大的野心，那就是如何以文学讲述历史，具体地来说是如何讲述一代人背井离乡闯荡关东的历史。

小说里，李十五秧子家的一铺大炕和炕上十一房女人，成了一个高悬的诱饵，或者对带着恋人逃婚到洮儿河畔的辛文德来说，它变成了一个光辉而庄严的词语：理想。做了小马倌的辛文德先是借"揽头"玉宝摔伤的机会勾引了玉宝的女人，然后借此机会摇身一变，骑上高头大马，替玉宝收缴地租和垦荒的钱粮。辛文德勤快，手段也强悍，硬是从幕后挤到台前，成了乌泰王爷认下的"揽头"。辛文德从此一发不可收拾，不但把王爷的事有板有眼地落实，而且从中渔利，短短几年就置办下无边的土地和成群的牛羊骡马。其实，在这短短的几年里，就隐藏着历史的秘密。我们常常讲历史的必然，常常试图从历史中偏执地去寻找某种客观规律，但是，即使承认这种必然，它也注定是由一个个偶然拼接而成的。在这里，问题的关键不在于历史规律能否证明什么，而在于小说终究是细节的艺术，玉宝的伤残、玉宝妻子的春心和姿色、王爷的无情和算计，这些偶然的相撞恰恰是凑成辛文德飞黄腾达的秘密所在，它所呈现的不是一个抽象而枯涩的勤劳致富的历史，而是充满细节的、伴随着种种偶然的、飞舞着各样见不得人的手段的饱满而可靠的历史。这就像《创业史》里如果没有梁三老汉，没有郭世富和姚士杰，它就会变成一个干瘪而无力的合作化口号。

而韩家的历史则充满了坎坷。这家人从山东逃荒至呼力营子，开始了土里刨食的日子。其间几次反复，每每日子刚刚过得有些起色，一场厄运就会悄悄降临——韩家买下辛家马圈大院作为宅基地，翻盖了房屋，却在大年三十儿被县衙里的人撕了地照、拉走粮食，韩国发也丢了性命；当韩老四当上副村长，日子看上去又有些奔头儿，乌泰王爷举兵叛乱，韩家辛苦来的几垧耕地，又落到了乌泰王爷手中……几次轮回，韩老四悟到锄杆不如笔杆的道理，在儿子韩尚志考上大学堂的时候，下了决心"别说你考到洮南，就是考到奉天、北京，你爹我砸锅卖铁也得把你供出去"。作为小说主线的韩家的历史，构成了对辛文德发家的一种回应。这里包含着小说创作极力表达的一主题，那就是闯关东的苦与累，是乡土中国凭着一双双手和锄头走出几千年的坚韧品格。至此，小说又回归了历史的必然。韩夏氏带着儿女过山海关时曾立下誓言："咱要闯关东，就得憋下一口气，置下田产过上好日子！只有那样，咱才有脸再迈过这山海关！"虽然到小说结尾，韩夏氏最已不在，但韩老四背上一个简单的包裹，坐上了南下的火车，这不仅仅是要寻找留在山东的两个姐姐，同时也是对山海关庄严承诺的兑现。

小说跨越了漫长的时间，而在这半个世纪之中，中国发生着超出作家想象力的巨大变化。因此，如何处理这些政治、经济、文化中的急剧转折成了作家们不得不面对的难题。《皇天后土》在细节上进行着解决这一难题的努力，而且我们也看到在几个家族、几条线索的徐徐展开中，这些历史的大命题被很好地转化成日常生活，转化成韩家、辛家，官府、民众，农民和土地，男人和女人之间的生动故事。但是，在小说的后半部分，不时流露出的"锄杆不如笔杆，笔杆不如枪杆"的主题却常常打破了这种从历史到文学叙述的和谐，在一些地方又将丰富的闯关东的历史简单化为"枪杆子里出政权"的政治信条。当然，这也是大量由历史到文学的转化中概念先行所难以避免的结果。

不得不承认，《皇天后土》是一部充满野心的大书，这种野心不是说要跨越多少年代，覆盖多少地域，塑造多少人物，而是在历史的偶然和必然之中，为我们展现出一部完整的闯关东的历史，这部历史既不是勤奋就定能成功的立志读本，也不是玩弄手段便飞黄腾达的投机宝典，它呈现出人性的复杂，呈现出历史成其为历史的 A 面与 B 面。而这，恰恰是文学如何讲述历史的奥秘所在。

权力、伦理与有效表达

——读张伟《红灯记》

　　重名是一件让人有些为难的事情，因为混淆不清，有时还需特别提示，就像两个重名者的相遇会让第三个人在话要出口的时候猛然梗住。但是，当一个作家故意让自己的作品与另一个家喻户晓的作品共享一个题目，这里也就隐藏着别样的含意。齐头并进？取而代之？至少挑战是显而易见的，或者它本身就构成了一种反讽。张伟的《红灯记》便是如此。

　　每当黄昏降临，老渡口船杆上就会升起一盏灯火，嘎斯石缓缓地燃开，由蓝渐黄，最后变成暗夜的一点深红。然而《红灯记》不是田园小调，开头的宁静和安稳掩盖不住老船口村一股暗暗涌动的力量。正如样板戏《红灯记》里那盏号志灯对红色革命的暗示，张伟小说里这盏悬挂于船杆上的嘎斯灯就代表着老船口村至高无上的权力。常二平是老船口村主任，是经过村民选举、乡里下文的法定村官，但在老船口，他还在"试用期"。小说里讲，"村民选举法二十九条三千一百一十一个字符，从来没出现过'试用期'的字样"，但在老船口，"上千号人可以不理会村民选举法，上千号人可以不承认乡里那张任命纸，可没有一个人不认同老船工的"。老船工常序东就是常二平的爹，是知青，也是老村主任，退休以后在老渡口摆渡，白天接送孩子上下学，晚上就把嘎斯灯挂在船杆上。相比乡里的任命，村里人更信奉老船工的旧嘎斯灯，老船工吐出的每个字，都会重重地砸在老船口人的心里。当然，老船口人也正是因为对常序东毫无条件的信任，在村主任选举时跟他开了一个使其颇为尴尬的玩笑。在常序东眼里，韩有才"行"，其实一个"行"字也就划定了老船口的"政治格局"。但是，村民选举的结果出乎常序东意料，这也是老船口村民唯一敢顶撞常序东："我们没发神经，我们选常二平可我们并没指望常二平"，"常二平身后有他爹，能给他垂帘听政"。于是，小说中的趣事由此揭开了一个让人啼笑皆非的事实，那就是歪理要纠正成正理，选举法保护着"垂帘听政"的玩笑。接着便有了老船口特有的"试用期"，而作为标志的就是嘎斯灯暂时不交接。嘎斯灯如同老船口的权杖，不必说村民对它的景仰，就连怀里揣着乡任命书的常二平，也会趁常序东出门，偷偷拎着嘎斯灯在村里走一遭过过干瘾。

有关权力的书写往往与严肃脱不了干系，作家们习惯将权力交接、权力斗争变成一场无声而激烈的较量，伴随它的常常是钩心斗角是阴谋是你死我活，或是塑造一个《羊的门》里呼天成式的通天人物，或是刻画一个《白鹿原》中白嘉轩式的宗族权威。然而，《红灯记》没有走上展示乡村权力秩序的老路，张伟在小说里更愿意展示属于乡土的趣味和日常生活的弹性，他在一种并不严肃的情节和叙述当中，让人们看到了更有人情味，更合乎村民情感与思维逻辑的乡村权力运行方式。在中国当代文学的乡村记忆里，"乡亲"是一个被不断异化的词语，正如在阶级斗争的年代我们只能在舅舅和外甥、侄子和二大爷之间找到阶级的对立而无从发现某种人情或伦理的关联，也像后来对以乡绅为中心的宗法秩序的刻意放大，乡土中国那些质朴而微妙的关系和情感，都在那种意图明确的宏大叙事中被掩盖起来。但问题是，历史或者现实并不会随着某种意识而行进，那些被抽象的权力、秩序在乡土中国的日常生活中也并不像有些作家描摹得那般完整、连贯或是一本正经。那么，在这种叙述的真实里，《红灯记》对常序东父子关系的讲述反而更加完整和富有戏剧化，因为老船口的权力是被放在一个不信任自己儿子的父亲和对父亲有一个情人耿耿于怀的儿子之间运转的，这也就无法回避那种脉脉亲情，无法回避那些父子间天然的任情和较量。于是，老船口的权力斗争就不会是抽象出的概念，它既是儿子得了一块锦旗后的得意忘形，也是父亲不合规则对村里招商引资的横加干涉，它还是儿子"夺权"的野心无从表达只能在村部大喇叭里放酸歌的闹剧。由此，我们看到的是一个权力运行有趣而鲜活的场域，它既有权力伸向生活的枝枝蔓蔓，又有生活对权力包裹软化的反作用力。更重要的是，在这种暧昧和似是而非之间，没有人会因为权力而忽略生活的滋味。

常序东是老知青，那么他与老船口的关系，或者说得简单一些就是他怎么留下来的，就成了一个必须解答的问题。于是，常序东的知青生活和后来常二平、韩有才他们闹哄哄的日子就成了小说拧着劲儿向前推进的力量。但是，张伟在这里又没把两股劲儿等同看待。老船口眼下的事情就像小说里的东辽河，水多水少就那么一直流着，从来没有断过；可常序东的知青生活就像春耕过后地里播下的种子，点点断断扎进土里。这里之所以这样说，并不是因为小说叙述上的断续，更重要的是因为常序东的知青岁月在小说中像种子一样地生发。《红灯记》里的知青岁月不是一个外在的故事，它的存在虽然在回答着老船口当下的问题，但更多时候就像某个粗壮的根系源源不断地给小说输送着养分。这个养分可能就是一种普遍的伦理。三十年前一个寒冷的冬天，就在今日挂起嘎斯灯的地方，常序东决定留下来，他要等那些放置不下的人回来。当时还是生产队长的康抽巴不解地问要等到什么时候，"常序东抱过榆钱抛下的孩子，说了一句让夏芦花

彻底绝望的话——'一生一世'"。这句话几乎可以解释后来
所有的故事，比如常序东和夏芦花的关系；比如郑老板为何
执意在老船口投资；甚至韩有才的文章为什么能上省报；常
二平为什么接不了班……小说在那段远去的时间里不断地强
调这种朴素而普遍的伦理。夏芦花背着受尽折磨昏昏沉沉的
榆钱想到这个女人抢走了自己的宿世夫君时，也曾心生怨
恨，但意识到榆钱从生下来就任人羞辱无力反抗，身上也就
生出一种力量，"一种维护了一个人的做人权利的正义和豪
迈让她脚步也昂扬起来"，这个举动也恰恰成为她留在常序
东心里"最灿烂的那张底片"。当受难的榆钱实在无法忍受
生活的磨难打算投河自尽，银爹爹用她欠的"债"来劝导，
这"债"无非是李三好在她生病时借给她的三个鸡蛋，是韩
驴子借给她的两元钱。这些东西当然无关紧要，但在老船口
人看来，"东辽河水不嫌贫爱富"，"也没有精力去收留一个
欠债不还的逃跑者"。所以榆钱回头，看到的是"火把骤然
点亮，照亮了大半个河滩，男女老少站在河滩上"。以至到
了最后，常二平对夏芦花的接受，常序东退休后依然把握
着老船口的底线，一切都如他对夏芦花说的话："那老经略，
还有银爷爷，他们把身体献出来的时候，他们想到的是什么
欲望？连求生的欲望都放弃了，其他的欲望还是欲望吗？"
在这些朴素的伦理与信念中，我们不难发现《红灯记》的秘
密：这不是一篇想着要花招的小说，它更倾心于那些几乎被

遗忘的"老理儿"。

虽然张伟把这部小说也叫作《红灯记》，但其中并不存在刻意的"致敬"或"反攻倒算"。它更像是一种带着平常心的讲述，在波澜不惊之中实现了对一段时光和一则故事的有效表达。《红灯记》有它带着人间烟火的可靠和生动，在这部小说中，我们看到现实之所以成为现实而不是概念的理由，那就是时代或生活的偶然以及它跟人们开的不大不小的玩笑。就像老船口人在选举时"垂帘听政"的"歪理"，就像农业学大寨在老船口的遭遇："就这样，一场雷声震耳的浩大工程，一个被县革委会主任树立的实验田样板，在生产队长不知疲倦地磨刀自慰中落下了帷幕，留下的是一道长满野蒿子还没来得及命名成郭雪珍岭的西岭"。这种烟火和泥土的气息让人们更愿意相信这就是他们所在的生活。也许读小说的人们并不清楚东辽河是不是真的向西流，但他们会被东辽河畔的故事带入到一个熟悉而有趣的世界，如同到邻家串门聊天，可以使小说的讲述直达生活日常。人们会在小说里发现自己熟悉的身影，想起自己的陈年旧事，当然也可能对老船口的事惦念不忘：老船工毕竟是老了，常二平到底能不能接这个班？

在庸常的生活中潜伏下来

——读刘星显《异人录》

　　有些时候，我们阅读小说可能只是因为好奇，好奇别人的生活，好奇别人眼中的世界。在 2003 年前后，刘星显有篇叫作《肉》的小说就让我印象深刻。一个不知在什么地方的大明镇，一个不知姓氏的二丑，让一本大板床下拖出的《康熙字典》和"杀春猪"鬼使神差地发生了关系。然而，当胡大壮、三彪、孟老太等一干人聚齐，死的不光有猪，还有人。也许从那个时候开始，一种越乎日常生活的怪异离奇的世界便一直吸引着刘星显不断探索与尝试，直到今天小说集《异人录》的出现。与此同时，我们也能够察觉其中某种奇妙的拧巴，当刘星显好奇于一个完全远离他的世界是如何运转并伺机讲述的时候，让我们感到好奇的可能是一个致力于理论法学研究的青年学者是怎样让文学创作占据了他的生活。也许他上一本小说集《夜夜声声》中的那句话恰恰说明了这个问题："一半献给虚妄的痛楚，一半献给黑夜的孤独。"

《异人录》中的小说以颜色为序，"蓝褐紫赤黄黑橙粉白檀青灰棕绯"的排列似乎有些门道，但细想可能会落入陷阱，毕竟我们很难去推断"异人"的逻辑。但它多少与小说的调子有关，正如《异人录》所呈现的世界，五花八门，让人似曾相识又一知半解。《异人录》中的小说不同于之前的《肉》或《夜夜声声》中的其他作品，这里没有一个未知的充满神秘感和江湖气的大明镇，一切都来源于最普遍、最日常的城市生活。可是，《异人录》所要做的，正是想尽办法把"异人""异事"注入最平淡、最无趣的生活空腔之中。

《阿豆》开始于一场并不见成效的传讯。因为只是配合调查，欧阳看上去并不是那么严肃，可能相比回答有关老朋友是否有犯罪嫌疑的问题，他对一男一女两名警察的关系更感兴趣，他从对方眉宇间的青涩发现二者关系暧昧，又故意摆出一副滑稽和无奈的姿态引来女警会心微笑，他猜想着这两名年轻的警察在漫长的青少年时代一定遭受无数课文的摧残，被迫死记标准答案，活在一群弄墨文人的阴影里，"如今脱身而出，恰巧逮到一个作家，那感觉肯定与捕获个扒手不同"。两名警察试试探探想把欧阳的回答引向老朋友文阆的精神状况，但对于他是否会因为离婚而精神崩溃，以至把一条狗当成自己的情人，当这条狗被小孩儿踢打而爆发出一系列疯狂的举动，欧阳对此打起了"太极"。小说仿佛在进行着一场心理上的争夺战，无论对于警察还是欧阳，每一步都是进进退退，而对这种微妙心理颇具分寸感的描写又与一个看上去十分荒唐的案件裹缠在一起。可是，文阒一篇名为《阿豆》的手稿的出现又让事情再次陷入迷局。"阿豆是我豢养的一个女子。这么说也许有点儿不敬，也可能遭人误解，但的确如此。"小说由此转入了"异人"的世界：阿豆如何被从水中救起，怎样在雪中与"我"热烈地拥抱，她的内心中到底隐藏着怎样的不安与恐惧，读者又是如何理解文阒的创作……手稿并非要破解文阒的迷案，相反，这个案件对于欧阳来说越来越不重要，"或许某天他真的能见到传说中的阿豆，或许阿豆只是一条狗，抑或文阒真的疯了"。欧阳永远不会成为侦探，不会揭开小说的谜底，他所能做的就是完成两则故事的镶嵌，为"异人"的存活撑开一个空间，如同打开阴阳两界的大门，没人知道将会遇见什么，却会满怀心事地揣一个隐秘的世界并将其视为记忆的珍宝。

在《如厕》里，欲望与生死成了被反复揣摩的问题。在一次充满诱惑与不安的旅途中，小说试图揭开被不断粉饰的生活的另一面。路遇搭车女子的穆梓在与加油站小工的闲谈中得知了一个传说：这条公路上常年有一个长相貌美的搭车女子来回往返，什么都不干，话也很少说，到了指定地点就下车，可奇怪的是从来没有人看到这个女人去过厕所，而凡是载过她的人都会便秘好久。当事人自然把这个故事当成恶作剧的玩笑，但当他载着女子驶出服务区，之前那份对公路艳遇无比期待的心情逐渐消失，取而代之是莫名的恐惧。在此，小说以极其缓慢的节奏呈现出这一变化过程。在同行的十四个小时里，男人以为静默酝酿着倾诉，又转而演变成某种默契的幸福幻觉，直到最后的五公里，他还在为自己错失了增进感情的可能而沮丧懊恼，但当女子真的下车离开，"周身紧绷的肌肉骤然松弛下来，贴在脸上僵硬的笑容终于可以撤换掉"，他把车开得飞快，然后按部就班地遵照加油站小工所说的破解方法逐一执行——他知道这么做的确很蠢，但又陷在恐惧中不能自拔。小说于此如稀泥流淌，在胶着紧涩之中让欲望与恐惧或欲望与生死进行着较量。好不容易熬到目的地，杀猪下酒的热闹场景几乎让穆梓魂飞魄散，因为他分明看到被赤条条赶来的正是路上的女子。他认定自己出现了幻觉，旅途劳顿，对搭车女子的幻想，酒精的麻醉，好像共同编织出一幅幻象，然而那投射过来的乞求的、绝望的、哀怨的、愤恨的眼神又为何那么清晰？或者人猪有别，生死无差？《轮回》同样讲的是生死，谭氏在她最后的五天里淡定又疯狂。她像往常一样对着空荡荡的房间狠狠地咳嗽，心里清楚地知道那些让她心寒的子女将会如何迅速地分割遗产，她甚至还依照惯例去搅动酱缸，只为气气当年的老对头。然而到了夜里，"她就换了一副面孔，用谩骂来哀号，用诅咒来乞讨，用狂笑来痛哭……理直气壮地对着命运的神激烈地申辩"。谭氏最后的时间可能与穆梓的那十四个小时有着某种相通之处，正如后者明知那么做很蠢却依然为之，即便经历两次生死的谭氏又如何能真的克服对死亡或者更具体的腐朽、干枯、烟消云散和不可轮回的恐惧？相对于世间的幸存者，谭氏无疑是他们眼中的"异人"，而这些常人却最终难逃化作"异人"的命运。抑或面对生死，本就没有什么"异人"？

《火机》将最狠毒的故事隐藏在大学宿舍守着电饭锅思考一个打火机经历了怎样的旅程最终会出现在哪个裤兜里的无聊时间里；《献祭》中青年学生为了前程决心走向"保研路"，却未料想已有人捷足先登；《回旋》在日常琐碎烦冗的叙事中不经意地施放出一种阴晦的意外；《蛾子》揭开了一对夫妻从未约定甚至双方都未曾觉察的默契"骗局"；《簪子》则是以当下的生活经验重新讲述了清代笔记小说《夜谭随录》中的《护军女》……《异人录》注定不能成为当前所谓正统文学写作的"局内人"，大概这也便是"异人"难以逃脱的命数。但它不断显示着作者在文学想象的世界中面对现实生活的"不安分"，证明着作者正在进行的某种别样的写作方式的尝试——它用当下的生活与现代的叙述盘活传统志怪的奇异世界和丰富资源，又以"异人""异事"来重现与解构我们对于所谓现实的理解和想象。《异人录》因此展现出更加广阔的写作视野，又因其少有禁忌而呈现出独特的审美趣味。"发展你合法的怪癖吧！"在这个充满矛盾又趋于同质化的时代中，人们现实生活中欲望与灵魂所经受的扭曲、挤压与妥协将以什么样的方式得以施放和补偿？刘星显想要告诉我们的是，也许"异人"的世界会是个令人不安又不失惊奇的去处。就像我们虽然无法真正揣测理论法学与志怪小说的神秘关联，难以丈量"异人"与自我的距离，却能够在《异人录》中发现一种别样的阅读乐趣，发现一个写作者为自己和读者所铺设的一场别开生面的叙事游戏，发现一个不安分的人于庸常的生活中潜伏下来，然后在想象的世界里呼风唤雨或兴风作浪。

下编

小说世界中的野心家

——阿乙论

　　一个基层警察杀入文坛本身就是个意外，而他获得的赞誉更让人感到惊奇。"就我阅读范围所及，阿乙是近年来最优秀的汉语小说家之一。他对写作有着对生命同样的忠实与热情，就这一点而言，大多数成名作家应该感到脸红。"北岛是这样评价阿乙的。我们始终欢迎这种意外与惊奇，因为意外让文学变得有趣，哪怕它只是个"杀人事件"，惊奇则让人觉得生活也许并没有想象中的那么糟。

一、走向高处的叙事之眼

　　读阿乙的小说可以感受到他对文本强烈的操纵力，就像玩拼图，摆来摆去呈现出令人惊奇的画面。小说集《鸟，看见我了》中最精彩的两篇《意外杀人事件》和《鸟，看见我了》正是如此。

　　《意外杀人事件》（发表于《人民文学》2010年第10期时题为《那晚十点》）写了红乌镇某晚十点发生于六个当地人和一个外地人之间的离奇故事。故事的主线其实很简单，外乡人李继锡丢失了打工数年的全部积蓄，流落红乌镇，绝望之间杀死了六个与他毫不相干的当地人。一个老实的作家大概会按部就班地叙述整个过程，像一个与世无争的路人；一个冷酷的作家也许会把自己当成李继锡，绝望而漫无目的地走进红乌镇，从"好再来"超市抄起一把水果刀，然后看着它在红乌人的身体进进出出。但这些显然不能令阿乙感到满足，他有更大的野心，他在小说中努力地走向高处，把自己想象成带着嘲笑俯瞰人世的鸟，拼摆整个故事，不仅要看到"那晚十点"，而且要看穿每个白天黑夜的每个钟点。小说被分解成七个独立的故事，开始于赵法才对"狐仙"的想念。赵法才是个浪漫得要死的泥瓦匠，很早的时候，他会"细致地调好一桶泥"，把泥均匀地抹在砖头上，一块对准一块贴上去，"贴到房主没钱了，就封顶"，然后"骑在屋顶上吹口琴，欣赏自己漫山遍野的作品"。之后女人来了，三个孩子相继降生，"诗意的生活就结束了"。赵法才成了一家超市的老板，却迷失在年轻、高挑的女收银员怀中，于是有了闻名红乌镇的捉奸事件。从此之后，赵法才"松开闸，任烈酒燃烧内脏"，准备把生命胡乱消耗在红乌镇。金琴花是红乌镇的传奇。1999年夏天，一具疯子的尸体腐烂在青龙巷，是金琴花义捐二百元找人埋了。她做着饥渴男人们的生意，却"总是在乞丐面前驻足，取出两毛、五毛、一块，分发给他们"。这个善良的女人最终是让警察抓了，从派出所走出来的时候放声大哭，红乌人从没见过"这么大的悲伤"。狼狗其实是个人，乌红镇的黑老大。六年前，狼狗被一个小屁孩儿吓得失了威风，开始对死亡有了不可救药的恐惧。无助的狼狗打通前妻的电话，问她能不能别挂，他害怕在洗澡的时候死掉。等他擦拭着身体走出来，电话里是"嘟嘟"的声音。狼狗在这永远的孤独中号啕大哭，成了红乌镇历史上第一个出来锻炼身体的人。艾国柱其实就是何水清，他们同样中了一个女人的蛊，想带着女人以奔赴圣地的热情出发，离开红乌镇，到"放射着金光"的地方去。不过，何水清狼狈地归来，艾国柱压根儿就没走出去。于学毅"一直没有走出初恋"，他迷恋一个并不喜欢自己的女人直到被送进精神病院。他像赵法才那样坐着，消耗自己，不断地寻死，沉入"拒绝之河"就再没上岸。傻子小瞿救过三个落水儿童，因此有了一段光彩的日子和一个爱他的妻子。时过境迁，小瞿渐渐被人们遗忘，便把所有的失落都化为对女人的刁难。直到小说最后，李继锡意外出现，一口气杀死了上面提到的六个当地人，七个故事才纠缠到一起。

显而易见，六则故事的铺陈不能必然地导向整个小说的结局，难道其中的叙事逻辑存在问题？细读文本便会发现，

《意外杀人事件》的六加一则故事隐藏着一种身份倒置。小说中的六个当地人，其实并不属于红乌镇。赵法才的浪漫与红乌镇格格不入，他试图改变当地的饮茶习惯却赔得一干二净；如同红乌人般盘下一间超市，想也不想就像长途公路边几十家店铺一样叫作"好再来"，却在心里藏了一个秘密："拥有一匹白马"，"离开红乌镇，去做自由自在的鳏夫"。贪婪的红乌男人每天盯着金琴花，却在她被捕之后发现他们并不认识这个女人，意外得"好似发现了一个潜藏多年的敌特"。狼狗当年的风光是红乌人不敢想象的，因为"红乌镇的人不但怕自己死，也怕别人死"，十几岁就夺走了红乌隐秘世界所有的权柄，而他之后的沉沦又超出了当地人的理解，脆弱无助，甚至去做锻炼身体这件红乌人认为"十分羞耻"的事情。傻子小瞿相信红乌人从不相信的爱情，却与红乌人避之不及的雷孟德为伍，逼走了爱人。艾国柱和于学毅就更不必说，"红乌容不下我们"，其他地方也尽是"拒绝之河"。反过来，所谓的外地人李继锡更像红乌的原住民。他如红乌人一样胶黏而富有弹性，赖在地上跟老板索要再多的赔偿，为的是裤裆里弱小的玩意儿以及它所能带来的红乌镇一样封闭循环的历史。他从火车中甩出来，命不该绝地落在红乌镇，归乡孩子般嘤嘤地哭够了才爬起来，但是，红乌镇的陌生让他无法容忍，像面对剧变的家园，急需运动却不知怎么运动，"因此像炸药一样越积越大，越积越密，最终以一种极其残酷的方式释放出来"。身份的倒置让小说充满了戏剧感，而位于高处的叙述视角则让身份倒置变得明朗又冷酷。外乡人李继锡犹如叙事之主派出的使徒，清杀不属于红乌镇的异类，让红乌重回它的混沌和无趣，以此实现红乌镇的"意外"和叙事的"意外"，使小说开始有关红乌车站建成带来的从亢奋到视而不见之转变的表述不致失去存在的必要。文坛曾经纠结于宏大叙事和细微书写哪种更具魅力，而阿乙在这里显示了他的精明。他将视角上移，极力地细化小说中每一个人的故事并把它们串联起来，既不崇高也不宏大，却流露出高悬同时抽身事外的穿透力。由此，阿乙对叙述手段的斟酌可见一斑，其中暗藏的叙事野心也暴露无遗。

与《意外杀人事件》中多则故事的相对独立不同，《鸟，看见我了》虽然也由几个片段构成，却让不同的人讲述着相同的事，交错间显出一种特别的神秘色彩。整个小说是秘密被逐渐揭开的过程。高纪元是清盆乡一个傻乎乎的小伙计，替李老爹看店，等待一个前来送鸟的人。纯朴的高纪元请送鸟人留下吃饭，却发现他过分紧张和局促。几杯酒过后，一些没头没脑的话从送鸟人嘴里溜了出来："有仇，仇，跟鸟儿有仇"，"因为，因为鸟儿看到我了，看到我了"。秘密在这里被掀开一角，小说却转而述其他，在经过一些与此有关无关的琐碎之后，"鸟儿看到我了"才传进民警小张的耳朵里，而小张的冷漠又让秘密再次隐藏起来。小张的故事开始于他跟清盆乡姑娘元凤的关系，这是小说中最浓重的一颗烟幕弹，在第二节篇幅几近过半。当然，小张最终还是重视起捉鸟人的可疑，带兄弟夜上青山，逮捕了捉鸟人。秘密的揭开已是水到渠成，捉鸟的说"我杀了人"，然而，该节在此戛然而止，瞬间回笼到小张身上："我胜利了。狗日的清盆。"作为一篇涉案小说，整个作品没有刺眼的白炽灯，没有冷酷的审讯室，秘密的揭开变成了一则颇具诗意的故事，它最后的讲述者正是杀人凶手，清盆乡的捉鸟人单德兴。"山坡上有条湿黄的路，地里庄稼萋萋芊芊，高家岔露出一排黑沉沉的屋顶，门前则摆着光光的晒衣架"，如此空洞的安宁让人很难将其与一个凶犯联系起来。之后轻轻的敲门声，女人不满的唠叨，孩子的啼哭，这些温暖而琐碎的日常生活背后是一个逃犯恐慌的神经。他在夜里不知所措地抽出两件衣服，捏在手里，不知往哪里放，"一旦放进尼龙袋，好像生活就从此诀别了，眼泪扑簌扑簌掉下来"。单德兴是在一个阳光灿烂、油菜花遍野的地方强奸火香的。就在掐死火香之前，他听到手下的女人说："你看，鸟儿看着你呢，鸟儿会说出去的。"小说让我想到 Matt Madden 的《99 ways to tell a story —— exercises in style》，他以九十九种方式绘制同一个故事，合成了一本饶有趣味的小书，展现了叙事和风格的多种可能。与之相似，阿乙让三个人讲述同一个事件，以不同视角的切换、拼接使其最大限度地详细而完整，再加上文本中小号字的补充叙事，不但揭开了秘密，而且让秘密的每一个细节都展露无遗，就像小说中那只眼白很大的巨鸟，高高在上地斜眼看着地面的一切。除了贪婪，我想不出还有什么词可以用来描述阿乙讲故事的心。

二、作为审美手段的凶器与杀戮

阿乙善于制造种种意外，这很大程度上来自小说通过语言建构起的审美体验。小说的用词看似随意，实则精确毒辣，少有滚滚的气势铺陈，如一柄英吉沙小刀，不经意间闪出寒光，简简单单就把事情办了。

《意外杀人事件》中，红乌站刚刚建好便在全国列车大提速中被遗弃，不平的红乌人"想它出点儿事"，就在人们对红乌站和过路的火车习以为常的时候，"这逐渐被遗忘的东西，三年后像故事里的伏笔猛然一抖，抖出一桩大事来"，"割痛了所有红乌人"。先是一个"抖"字，以轻巧和随意的姿态表达出一种破碎感，正如红乌人被忽略的生活，破碎、零散得毫无理由。接着是"割痛"，恰好与小说后来那柄频频杀人以致刀背弯曲、刀刃卷如刨花的水果刀相呼应。这难免让我想到阿乙《小人》中的另一件凶器。小说里，凶手陈明羲说："锤子小巧有力，不易见血……对待何老二这样的大物件，刀不如斧，斧不如锤，出其不意，速战速决。"曾为警察的阿乙显然熟知各样"杀人工具"的特性，如果《意外杀人事件》中作案工具变成了锤子，想必"割痛"一词将被其他字眼替换。在阿乙看来，几乎对所有感观、状态、气氛的表述都可以通过对凶器不同特性的体味加以实现。这一点在《意外杀人事件》中表现得尤为精到。在赵法才与小他十八岁的渺儿激情过后，躲进旅馆肮脏的卫生间，看着自己松弛的身体，感到空虚且极不真实。小说以"脑后有刀锋掠过"来形容赵法才此刻的感受，将其空虚和不真实的突如其来以及来过之后万物皆摧、不可挽回之感表达得贴切，使人不寒而栗。当写到金琴花因卖淫被抓进派出所，与检察长存有奸情的女警官罗丹的高跟鞋也成了道貌岸然的惩治工具。阿乙没有使用通常的"鞋跟"，而是换作"鞋钉"，即刻使其充满杀伤力，赋有了某种邪性的味道。"踩进脂肪，踩进肠子，踩进盆骨，像是踩进了很深的泥潭"，如此还不够，还要"许久才弹回来"，把凶器的冷、硬与柔软且具有弹性之肌体的互动状态表达到了极致。红乌的黑老大狼狗因一个孩子而心生恐惧，除了孩子阴狠的目光，凶器的出现必不可少："那个叫欧阳小风的小孩儿每天用语文课本夹着一把菜刀"。课本出现在孩子身上是再正常不过的事情，而对于一个心存报复的人来说，带着一把刀时刻寻找机会亦不离奇，但是薄而长方的课本夹上一把同样薄而长方的菜刀，在小说中竟然产生了意想不到的审美效果。当一把菜刀整齐、服帖、悄无声息地隐没在带着稚气的语文课本中，寥寥词语令孩子腾起的阴冷杀气要比提着斧头满街找人的喧嚣更令成年狼狗心惊胆战。尽管二人相逢时，狼狗盯着孩子的瞳孔像"像用一把剑迎接一把剑，用一颗子弹迎接一颗子弹"，但是一颗硕大的泪珠从眼窝中滚出来，狼狗在红乌镇的时代结束了。外乡人李继锡流落红乌镇，那些当地人烂熟于心的秘密在李继锡看来陌生异常，"像一堆刀子"，以致由此开始了他的杀戮之旅。《小人》中，目光如刀这般滥俗的描述经由阿乙的重新编织获得了崭新的艺术感染力。镇上习惯于冯伯韬追着何老二下棋的人突然从冯的眼中看到了刀光，他"是拿着一把刀子押何老二进地府"。为了证明这一切藏得深密却不容置疑，阿乙说"他们不能拦下何老二说你要死呢（就像不能拦下公路上的卡车说你要发生车祸呢），这不可思议"。《巴赫》里户外搜索队的成员上山寻找走失的巴礼柯，"用柴刀砍杀荆棘、丛枝"，一个"杀"字使柴刀由生活工具变成了凶器。《翡翠椅子》中卫华觉得"时间啊、雨啊就像锯子，一下一下锯着他和爹"。这几乎构成了对他们生活状态准确而全面的描述，光阴过去，是来来回回漫长而反复的折磨，不可抗拒，留下的仅是无聊且无用的粉末。

凶器的出现必然昭示着杀戮，而对杀戮的描写也是阿乙小说中的大戏。《意外杀人事件》最后一节几乎变成了屠宰场。不过，在阿乙的屠宰场中，没有血肉横飞、汁水淋淋，有的是凶器切入躯体所带来的微妙质感和对杀戮过程的审美表述。在赵法才被杀的情节里，除了凶器的冷、硬之外，更突出了刀的特性："说话时感觉腰里滑入一个冰凉的东西"，"好像不是刺，而是沼泽似的肉将刀子吸进去，又慢慢吐出来"。一连串的动词——"滑""吸""吐"——展示了一个轻柔、飘逸、自然而然的杀戮过程，里面没有撕裂、没有停顿，甚至没有疼痛，除了显现刀子的锋利之外，更是将其不容置疑的安静、便捷、朴实却有效的品格像欣赏一件巧夺天工的艺术珍品一样摹绘出来。"这种感觉对遇刺者和行刺人来说都是奇异的"，对读者也是如此。杀过赵法才之后，"李继锡为它有这么大能量而不可思议，因此抽出刀，像孩童一般沉浸在喜悦中，健步朝前走"，迎面走来的是失魂落魄的金琴花。面对这个与自己毫不相干的女人，李继锡几乎不受控制地将刀子插进她的身体。阿乙对该场景的描写可谓小说中相当出彩的一部分。被捅了的金琴花"仍然沉浸在哭泣当中，以为只不过是撞了树，意识到面前有个男人后，她气恼地说：'走开。'"李继锡连捅五刀，被害人"不明所以，只是闻到臭烘烘的热气正从冰冷的身体里飘出，因此朝下看，便看见暗绿色的肠子如同巨蛆外涌。她着急地搂它们，跟随它们一起扑倒在地"。两个本不相干的人在杀戮中建立起一种奇异的关联，但两人又好似不约而同地置身事外。李继锡如一个贪玩的孩子，一次又一次地尝试着新鲜玩具带来的快

慰，金琴花则像一个被淘气孩子纠缠、骚扰的心事重重的母
亲，不耐烦地道了一声"走开"，直到金琴花肠子外涌扑倒
在地，才将人们重新拉回到杀戮的场景中。该情节前半部所
营造的悠然、嬉闹的气氛与之后由"暗绿""巨蛆"构成的
惊悚恶心的画面激烈碰撞，在揭示整个杀戮本身毫无征召毫
无理由的同时，生出一种极特别的审美和情感效用。艾国柱
的死突如其来，刀子举起，他的身子也便"猛然抖直"，"刀
子一颤一颤，跳动了几秒"，让人分不出是刀子在跳还是心
脏在跳。整个过程中身体与刀子几乎合成了一个奇特的物
件，刀子掌控着身体的动向，支撑着它存在的价值，等到刀
子被猛地拔出，身体像是失了灵魂的皮囊，"轰然倒地"，再
无存在的必要。于学毅是屠宰场中的赠品，直到凶手和"这
个叫于学毅的人要擦肩而过了，才随意地划上那么一刀"，
没有挣扎，没有喊叫，只是被杀的人捂住伤口，迷乱地游荡
到树下，悄无声息地去了。《翡翠椅子》里卫华的梦中满是
锤子敲击银钉的声音。医生小心地测量"兄弟"的颅顶，先
是用蘸过酒精的棉球精心擦拭量过的部位，然后扶稳银钉缓
慢地敲打起来。钉歪了，"他咬牙将它拔出，待位置吃准了，
他小心而迅捷地连敲两下，然后停下来细细查看，如此歇歇
停停敲进去了一半"，接着"猛然一锤，将剩余的一半一下
敲进去"。卫华看到兄弟的四肢像风扇一样狂热地转动继而
停息，医生坐等创口的黑血流净，再用棉球细心擦拭直到整

张脸一尘不染，然后站起来"像伟大的木匠一样转着圈参观自己的作品"。

化身作家的阿乙，像选择"杀人工具"一般精炼词汇，抛开了常规的用词思路，出其不易地建立起独特的审美逻辑，这不仅让作者的意图得到了更准确有力的表达，而且在小说创作普遍随意化、平淡化的氛围中尤其难能可贵，显示了阿乙严谨的写作态度和追求文字本身魅力，无心归顺文学时尚却有意打造独立风格的野心。但是，面对这种特殊的审美体验与审美逻辑，不免令人生出些许担忧。在我阅读阿乙小说的时候，头脑中不停地跳出沈浩波一本诗集的名字——《心藏大恶》，也许只有心藏大恶之人才能真正体味阿乙经由凶器和杀戮打造的独特审美世界，读出其中的自由、飘逸、令人欲罢不能的微妙质感，而不是血腥和绝望。读者的接受和体验未必与作者有关，但这个独立的审美王国必将把一些人无情地拒于城墙之外，使他们与阿乙闪着寒光却诱人异常的文字失之交臂，不能不说是一种遗憾。当然，这里由凶器和杀戮带来的快慰只限于审美的范畴，与价值判断无关。阿乙所钟情的暴力美学本身就是一个令人尴尬的东西，有人觉得魅力十足，有人感到恐慌厌恶，对此，就每一不同个体来说，既不必吝惜掌声，亦无须掩饰愤怒。

三、毫无负担的手段与目的

阿乙的首部长篇《下面，我该干些什么》又一次让人们瞪大了眼睛，它被称作"一个'无理由杀人犯'的自白"。

"我睡过去，直到醒来再也睡不着。这时我得找点儿事情干。"故事的开始如此简单而直接，行动起来却心思缜密。"我去买了眼镜"，它将"人们的注意力有效地转移过来，默认我为近视眼"，因为"人们总是倾向于相信戴眼镜的人"。"我"又买下尼龙索和弹簧刀，"有一把弹簧刀，事情就会有一种仪式感"。在杀死美丽、优秀、同样身世可怜的女同学之后，"我"才被真正调动起来，开始逃亡。这个"找点儿事情干"的逃亡者躲在外地的小旅馆努力地擦地，像追寻真理一样把鞋面擦得光亮照人；买来望远镜，坐在楼顶端详着屁股下的小县城；在逃亡的过程中不断打开手机，给警察留下追捕的可能；"想乘船去下一地，又觉得他们不来我为什么跑，因此又住了些时日"。逃亡的过程是"我"与警察间的游戏，"像捉迷藏"，"我去敲门，跑掉，他们冲出，四散寻找，然后恼羞成怒地站在荒野"。直到这码事变得无聊至极，"我"才在小镇的集市中，对进行搜捕却又擦肩而过的警察说，"你们太嫩了"。小说完成了阿乙之前在多部短篇中演练过的情节，例如《鸟，看见我了》中像乌龙山土匪夹着燃烧的烟头睡觉式的逃亡；在自首、自杀、继续逃亡的困顿中浮现出《意外杀人事件》里李继锡的名字。不过，之前作为配角的逃亡在《下面，我该干些什么》变为一种意义与审美的追求：

> 我跑在时间的最前列。在过去，时间是凝滞的，过去是现在，现在是未来，昨天、今天、明天组成一个混沌的整体，疆界无穷无尽。现在它却像一枚急速前移的箭头，一个射出去的点。它光明、剽悍、无所畏惧，像毒辣的阳光，凶猛地刺进每一个到来的未来，将它烧成矿渣一般黑暗的过去。我决定跑得粉碎。

这为小说"无理由杀人"找到了一个美好的借口。

接下来自然是"我"在法庭上不能被称为辩护的辩护。当人们困惑于这个不为发泄性欲，不为钱，不为报复的高中生到底出于什么动机杀人时，"我"的回答不仅震惊了法庭，也让每一个读小说的人感到震撼：

> 你们是猫，我是老鼠，老鼠精干、结实，不多不少，没有一丝多余的脂肪，浑身散发着数字的

简练之美。我渴望过这样紧张忙碌、充满压力的
生活。

　　我们追逐食物、抢夺领地、算计资源、受原始
的性欲左右，我们在干这些事，但为着羞耻，我们
发明了意义，就像发明内裤一样。而这些意义在我
们参透之后，并无意义，就连意义这个词本身也无
意义。

　　我可以像原始社会处于食物链弱端的动物那
样，在无时不在的追杀中狂奔，进而享受到无意识
的充实。说到底，生命终归无用，做什么不做什么
都一样，都是覆灭，但至少我可以通过这个来避免
与时间的独处。

这个人在求生与求死之中固执地追寻着在他看来并不存
在的"意义"，以一种极端的方式近乎无耻地挑战着每一个
人习以为常的价值、信念和无趣的生活。面对这些，法庭上
检察官暴怒的声音显得是那样的微弱，小说最后的死刑也变
得无足轻重，我们几乎要被完全带入这个可怕的逻辑当中。
但是，我们必须清醒。这是阿乙最为深情的告白，他第一次
把自己如此赤裸地展露在人们面前，不仅解读了这部长篇，

而且几乎参透了他之前所有的创作。其中有关目的性的问题来源于作者对生命和生活本身的追问；而杀人无论是作为情节中实现目的的手段还是作为实现小说叙事意图的选择，都让人们看到这是怎样一个浪漫进五脏六腑，浪漫进骨头里的阿乙。

其实，在那些痴迷于凶器和杀戮的短篇小说中已早早露出了某些细微的苗头。比如在《意外杀人事件》中，狼狗轻而易举地夺了红乌镇隐秘世界的权柄，是因为"红乌镇的人不但怕自己死，也怕别人死，有时怕别人死甚过怕自己死"；何水清悲观地告诉艾国柱，"你看看守所的老犯人，放出去了还是想办法闹点儿事，好再被抓回来，为的就是要在臭烘烘的地方活下去"；小说最后，死亡充斥红乌镇，"红乌镇的人听着游魂一样的口琴声，彻夜不眠，他们紧紧抱着女人和孩子，就像后者正发着致命的高烧"。在冷酷和凶残之中，阿乙总是想办法放出一点儿有关"活"的东西来，它构成了红乌人卑微、琐碎、毫无生机的日子，而后来李继锡的杀人，只是因为这样的生活让他感到陌生，因为在他心里有一部辉煌连贯的"历史"，他急需做些什么。还有《情人节爆炸案》里刑侦专家老张对小警官说的那些话——"弱者在和强者对话时，总是想得到器具的帮助，心理成因就是想赢得多余的砝码"，"弱者的不安心态，很容易转化为对工具的迷恋"，"对炸药也是这样，很多人可以捕鱼，可以刺鱼，但他们就是觉得这种方式太温柔，所以用炸药炸鱼……仿佛一炸，全村人都投来畏惧的目光……就像健美先生要展现胸肌一样，一天不展现个几回会死"——炸药和使用炸药本身不构成目的，它更多地指向弱者与强者等一些含混而又难以平衡的社会关系结构。

我们有必要仔细地区别阿乙小说中的手段和目的。这不是一个拿杀戮和死亡随便开玩笑的作家，他笔下那些暴虐的元素都有一个看似荒诞实则非常可靠的理由。在他的小说里，我们很难找到真正的"无理由杀人"，它们不是来源于陌生带来的恐慌，就是弱者寻求力量平衡的渴望，抑或纯粹为了让生活变得充实而富有"意义"的逃亡。因此，小说对血淋淋故事的讲述，实际是阿乙对生活严厉的质问。他在小说中赋予那些走向干涸的人们以绝对权利，让他们敢于实施其执意改变生活的某种极端手段，同时又将之作为叙事和审美的途径，让人们看到那些所谓正常的生活究竟是怎样空洞、无趣、荒诞而令人恐慌，甚至使人瞬间心生大恶。只有将小说中的手段与目的区分明确，我们才会发现阿乙的单纯和腼腆，他从不奢望引导人们怎么做，甚至很少进行评判，在小说中基本不亮出底牌，把自己的道德底线也埋得很深，只是有些兴奋地把故事讲出来，然后轻描淡写地说，好像有哪儿不太对劲。

当然，在《下面，我该干些什么》的前言中阿乙说过，写作的时候他很平静，对于杀人这事从来"不赞美也不认同"，"也没有急不可耐或先入为主地对它进行审判"，在他看来，一个作者如果预先将自己设置为正义的化身，"立场便可能偏颇，思想便可能空洞，说教便可能肤浅，所揭示的也可能为人们所麻木"。尽管阿乙自己也会感到害怕，怕"书写这种罕见的罪恶，就像揭开一个魔盒的盖子"，但他最终只是在小说里充分安置了自己的思考，并没给自己增加额外的负担。因为没有负担，他才可以在创作中表现得如此自由、放纵、贪婪，在无数可能中恣意地选择最坏的一种，在数不清的方法里偏执地挑选最极端的一个。他在小说世界随意地播散着野心，让一切鲜血淋淋、毛骨悚然的事情变得犹如风花雪月般沁人心脾，同时又固执地追问我们也曾感到困惑却疲于思索的"意义"，隐约间闪露出一张兼具天使与魔鬼两样面孔的脸庞。

离开，或者死

——再论阿乙

阿乙的小说总是与死亡有关，特别是《意外杀人事件》《鸟，看见我了》等几篇，几乎在炫耀作者语言上的控制力。他对冷兵器质感与效率的痴迷，对杀人过程浪漫化的描写，非但没有令人产生贴近死亡的恐惧和绝望，反而掘出深藏人心的某种暴戾的快感。但是，几年下来，阿乙的小说越来越朴素，炫技的成分少了，之前一些模棱两可的东西却清晰起来。死亡背后，是与作者半生历程休戚相关的出走或者逃亡，它既是阿乙一个难以打开的心结，又是他继续写下去的力量。

一、乡镇

离开乡镇便没有阿乙，尽管他无时无刻不在表达对乡镇的厌恶，却无法阻止所有的小说都由此开始。

　　红乌镇（《意外杀人事件》）是个被时代遗弃的地方，小说里红乌站就是它命运的缩影。红乌站建成的时候，人们对它寄予厚望，仿佛红乌已与武汉、广州平起平坐，"今晚爬上火车，明早也能看到天安门升旗了"。但是，全国大提速的文件并不在乎这万把红乌人，火车呼啸而过，从此不在红乌停靠。火车里的外地人开始"一遍遍参观笼子里的我们，总会生出一点儿优越感"，这让红乌人感到羞耻。因着这种羞耻，红乌人报复式地想它出点儿事，于是1997年火车在附近出轨，他们带着胜利者的笑容去捡火车的碎片，这让红乌成了一个不可救药的地方。《鸟，看见我了》同样是红乌的落寞与绝望："纽约往下，是北京，北京往下是南昌，南昌往下是九江，九江往下是瑞昌，瑞昌往下是赵城，赵城往下是清盆"。民警小张为何"不长记性"被分配到清盆已是不得而知，但在所长看来，那是一个可以"冷静冷静"的去处。阿乙用小张临行前内勤小许"老嫂子"般的笑容说明了这到底是个什么地方——"要不你骑嘉陵吧，踏板车乡下路磕得慌"——这既是同情亦是嘲讽：你小子再也回不来了。小张的警务室在土管所的尽头，没人等他，桌子擦过之后新落的浮灰比陈年的积土还能刺痛人心。这就是清盆，"墨水瓶、笔筒和印泥孤零零地摆着，材料纸一片空白"，"荒芜得连件案子也没有"。

　　在这样的乡镇，人们泼洒着固执、无聊又恼人的温情。

这里没有谁可能成为陌生人，没有人懂得什么是偶遇，当艾国柱坐上一辆红乌镇的人力三轮车，看到谁都要点头，"他们'小艾''小艾'地叫唤着，像无耻的姨爹"。每个人就这般不可救药地陷入生活琐碎而不能自拔。新出现的民警像是填补了清盆人灵魂的空缺，他们的敬畏被激发出来，如奴仆用嘴吮吸胶管，为小张的摩托车加油；请酒，然后把烂醉的小张抬回，掖好被子；鼓励他走进当地姑娘的房间。当地人的"温情"筑起一个封闭的乡镇，百年如一日地运转而丝毫不会有什么变化。这样的乡镇不相信赵法才的爱情，他只能背上搞破鞋的名声喝着烈酒消耗生命；也不会包容何水清的浪漫征程，它已将其变得不为他处所容，只能灰溜溜地回来，看着爱人死去，然后像看守所的老犯人，"在臭烘烘的地方活下去"。乡镇在阿乙的小说中是如此坚不可摧，只有真正的陌生人出现，乡镇的秩序才被打破。当李继锡从火车上跳下，作为陌生人的他便会陷在那种与他无关的"姨爹"的温情里无助至崩溃，崩溃至疯狂，最后抄起水果刀戳死六个沉浸在红乌秩序里的当地人。六人的被杀看似无辜而充满悲情，却成为死城一样的红乌镇最有活力、让人意识到生命之所存的事情。

所以，乡镇不仅是阿乙小说叙述的生长点，而且承载着出走的根本诱因。艾国柱不想在这里度过永久无聊的一生。于是，艾国柱也好，民警小张也好，无论出于什么直接的、表层的动机，他们最终要逃离的是乡镇带来的不可改变的宿命感和耻辱感。这种耻辱在阿乙后来的小说《模范青年》里被直白地讲述出来，当走出小镇，混迹城市人群的艾国柱再次遇到之前的恋人，"这个当初爱过、后来恨过、现在又跑来揭示我县城背景的姑娘，让我难堪死了"。在艾国柱们看来，来自乡镇成了他们需要用一生的游荡来掩饰的一个耻辱印记，不仅要摆脱那些"温柔的看护人""不要脸的狱卒"，粉碎当地人眼中那些不容被否定的稳妥，更要走出红乌，走出清盆，在郑州、上海、纽约获得一种非乡镇的优越感以回报那些将之视为异类的乡镇眼神。虽然这些预想的优越感也来得毫无根据，但是在阿乙的小说中，从乡镇出发的逃亡不惜成本、不计后果，就像被杀前艾国柱看着另一个将死的人"像蚂蟥一样趴在垃圾桶上，大口喷着口臭"，心想即便成了这个样子，"那个叫上海的地方他还是要去，去了就不回了"。

二、女人

阿乙的小说似乎对女人不抱什么热情，也极少对女人本身的描写，但他依然对女人念念不忘，更准确地说是小心翼翼地保持着一种冷静考量，因为她们早已成为左右出走的力量。

女人所能引发的危机被《鸟，看见我了》写得清晰而狠毒。阿乙在开始的时候努力让两人的关系素朴而真挚：小张坐在河岸看元凤洗衣，姑娘的一举一动都让他着迷，再加上因旁边洗衣妇们的嬉笑而显露在元凤脸上的幸福眩晕，令这份情感更显生涩和甜蜜。但是，在不可撼动的出走决心下，女人又成了最危险的东西。就在小张"把手缓缓插进那条牛仔裤里"，情不自禁地沉入女人的温柔中时，却又猛然提醒自己："女人那里就像木板上的蛋糕，如果我不能克服饥饿，跑去吃了，老鼠夹子就把我夹住，我就要在这鸟不拉屎的地方待上一生"。"老鼠夹子"这个比喻耐人寻味。《下面，我该干些什么》中只为逃亡而杀人的凶手在法庭上有这样的陈述："你们是猫，我是老鼠，老鼠精干、结实，不多不少，没有一丝多余的脂肪，浑身散发着数字的简练之美"。老鼠在阿乙的小说里成为逃亡者的图腾，不管叙述中是否挑得明确，他们都带上了"精干、结实"的气质。他们的离开，除了为摆脱耻辱，还要逃离小镇的安逸去追求"紧张忙碌、充满压力的生活"。因此，"老鼠夹子"成了出走路上的死敌，她们的存在带来的不是波动与惊吓，而是致命的危机。

与此同时，女人又成为逃离旧地的捷径。《县城的活法》曾写"我"逃出县城之前，也像"欢喜的驴一样"爱上一个女子，忍不住拉她的手，想法把关系锁定下来，她的些许暗示都能让"我"振奋一夜，只因她是"一个足可给我家带来无上荣光的女子"。

《两生》名字清晰，故事无奇，却在叙述上拿捏得好。二十六岁的周灵通复读多年也没能走出高中，鬼使神差变成强奸犯，开始了他的亡命生涯。在这一年，周灵通走到了人生的谷底，却因无意间救下一个被殴打的女子而急速反弹。周灵通被女人带进酒店，泡在水里狠狠地洗。他从浴室走出，看到女人正迎着晨光抽一根烟，"长而柔的食指像弹钢琴，把烟灰弹向垃圾桶"，"温暖以气体的形状，从优雅的背部和赤裸的手臂上层层生出"。这里需要注意的是周灵通第一次看到这个女子的情景：女人"是个马脸，眼睛奇小，耳朵和鼻孔巨大，十分吓人"。前后之间何以如此千差万别？《县城的活法》说得清楚，"农家子弟是有爱情的，但那爱情是奇异的，它不是说你脸上长了一双桃花般的眼睛，而是你脸上长了前途"；《模范青年》中艾国柱在小镇谈过两次恋爱，"一次爱上的只是一件来自北京的风衣，她不穿它，她便不再神圣"，一次爱上的是在县城条管单位上班的姑娘，"我爱上的不是明亮的眼睛或者性感的嘴唇，而是她脸上长满我的前途"。于是，这个叫张茜娜的北京女子"作为一个不可能的乌托邦，一个不可能的观世音菩萨"，真得带周灵通逃离小镇，洗掉耻辱和案底，"成为他钱财和生命的保护神"。这种改变是周灵通以及小镇青年所不敢想象的，一个"昨天还在垃圾桶里和塑料袋、死老鼠混迹的人"，因为一个陌生的女子，更因为她父亲一句"女婿，给个公司你开开"，如今坐在总经理办公室，"双脚搭在巨大而光亮的红木办公桌上，一闪一闪，一晃一晃"。小说中有个细节也颇值得玩味。周灵通洗过澡，跪倒在张茜娜面前，嘴里说的是"我爱你，我爱你，娘"。后来，当"张茜娜情不自禁地舔起那根东西来，像舔一根冰棍，他才全身心放松起来"，嘴里嘟念着"别，娃儿，别这样"。从"娘"到"娃儿"，女人在他眼中的变化意味着一个逃亡者的胜利，这种从卑贱走向傲慢的姿态，总能让我想到民警小张那句"我胜利了，狗日的清盆"。

三、纽约

阿乙小说里没人到过纽约，纽约却无处不在。对清盆来说，赵城就是纽约；对赵城来说，瑞昌就是纽约；九江、郑州、武汉、北京都可能是纽约。失掉了县城条管所的姑娘，一家人的嗟叹因外地哥哥一句"假如有一天你去了九江市，她算得了什么"而平复，因为相比县城女子，九江的姑娘就是纽约。因此，不管纽约是什么，它都是出走最大的诱惑。

纽约产生于无法逃避的差距。虽然《模范青年》里警校同学周琪源最终被困死在洪一，但在刚开始的时候，他的一切为艾国柱的纽约提供了范本。周琪源来自江州造船厂。在瑞昌人眼中，这些三线厂"像是上帝投放来的几座孤岛"，现实存在的围墙时刻提醒着墙内墙外的差距，墙里人好似天潢贵胄，过着当地人想象中的"北京上海的生活"。因为周琪源来自墙内，即便同住瑞昌，但在艾国柱们看来，"我们像是被迫划到一个科目的两种动物，根本不能算是老乡"。而且，周琪源的存在不停地灼伤着当地人的自尊，"我们会从他细嫩的皮肤、倒三角的肩背想到我们很少涉及的牛肉和牛奶"。周琪源是警校中的异类，始终保持着当地并不该有的自我克制，仪容整齐、讲普通话，既不抽烟也不喝酒，从不参加娱乐活动……艾国柱们觉得他是一个无聊的存在，但那些嘲讽和调笑无时不暴露着他们对墙里人的羡慕，也正是因为羡慕，有时"也会为他们被钉死在此地而幸灾乐祸"。警校毕业的时候，没人知道周琪源的去向，但艾国柱对周琪源的想象又一次刺痛了自己：

> 周琪源一定待在省城警校，晚上定点睡觉，早上准时醒，精神振作地走向放着各类文件夹的办公室，完成各项指派的任务，闲暇时跷二郎腿，喝好茶，看报。他和所有同事说普通话，就是点头也有这种话才有的生分与庄重——他们在没日没夜地说普通话，而我在没日没夜地喝酒。

这些毫无根据的猜想完全来自三线厂围墙制造出的差距，好像来自墙里的周琪源不需理由便可高人一等。即使到了最后，艾国柱为一生未离洪一而死在那里的周琪源返回故乡，途经省政府大院看到门口笔直的武警和大字招牌，他依然相信这才是周琪源"理想的终点"，这个终点比他艾国柱的纽约要远，要好，"也许公安部才是"。

艾国柱的离开令他的纽约变得现实而充满世俗意味。他从郑州返回瑞昌，十分享受"衣锦还乡"的快感。当年的工资只有八百，如今月薪两千八，酒席便设在了更贵的宾馆。在这里他不仅可以口若悬河地讲述自己出走的征程，听到别人"还是你有勇气"的赞唱，而且还能得意地叹息"说白了我现在只是一个打工的"。更重要的是，他从周琪源眼下的处境获得了快慰，他看到他一直坐在角落，偶尔夹一两粒花生米，那是一种"还不如一刀刺死他"的羞辱。出走路上的纽约零碎又具体。《隐士》里，纽约是"作为外地人的一件大衣、一条裤子、一双皮鞋或者一只皮包"；另一年，他的纽约是"大城市的，研究生，比我小六七岁"的外地女子。而对逃往郑州的艾国柱来说，一个不被打扰的工位，一个气味不至于让姑娘头也不回就走掉的出租屋，便成了他的纽约。

但是，艾国柱们的纽约又常常空洞得让人无法把握，就像小说里的形容，"高架桥车来车往，街道清澈得可以照见人像，飞机的影子像鱼儿游过夕阳照射之下的摩天大楼玻璃墙"，其实等于什么都没说。刚刚抵达郑州的艾国柱，面对鳞次栉比的高楼展开双臂低声吼叫，像是完成蜕变的神圣仪式，却在走向报社的时候两腿发飘，心里虚得很。后来，朋友阿丁召唤艾国柱进京，后者面临的选择一是到北京实习之后再确定是否转正，一是原单位领导许下的主笔位置。结果，衣锦还乡的快慰很快被抛之脑后，一皮箱书和一皮箱碟，火车进京，艾国柱再次躺在了廉价出租屋的水泥地板上。从这时起，纽约才变得遥远起来，它不再是一个可以抓住职位，一个能够留住的女人，或是一份胜利者的快感，它开始成为需要被不断确认的东西，如同艾国柱在水泥地上从一个返回瑞昌开始安逸生活的噩梦中惊醒，需要反复确认自己身在北京才能安静下来。它更是一种身处绝境无路可退的心理需要，而保持逃离与游走是别无选择的选择。这个时候，艾国柱的纽约已经从一个个目的地变成了纯粹的行动，心属霄汉、穿州过府，只为在那条无头路上无尽奔忙。

四、死

如果不离开，结局会怎样？阿乙从最初的创作就开始回答这个问题，直到最近才将之编织完整，至少让人看上去还觉得可靠。

《意外杀人事件》中赵法才等六人的故事本不相干，却因死亡交织在一起。十点，赵法才从湿石走到超市门口；金琴花哭泣着向超市走来；狼狗穿着运动短裤跑进建设中路；艾国柱为了一包烟走向超市；于学毅无聊地闲逛至此；傻子小瞿转到这里找他的兄弟……不管之前的故事或长或短，反正李继锡意外而又准时地出现，一口气杀死了这六个当地人，让滴溜儿乱走的时间卡死在这一点。这个结局像是宿命，更像是一个诅咒。那些安于现状驻守城镇的人、失去希望消耗生命的人、动了出走的念头未及行动的人，全都死在李继锡手中。这个从火车上翻滚下来无处可去的外乡人，像是带着惩戒之剑，专来红乌完成这项任务，以死亡这一残酷的结局，打破小镇封闭的安宁。

《意外杀人事件》只是一个开始，虽然在这篇小说中阿乙有意无意地将出走与死亡联系起来，但其中的关联到底暧昧不清，他更多的还是在讲"看你们如何去死"，貌似清醒实则迷离，直到《下面，我该干些什么》以及后来的《模范青年》，阿乙才把目光转向自身，更多地去探究"我如何去死"。

"我睡过去，直到醒来再也睡不着。这时我得找点儿事情干。"《下面，我该干些什么》的开始简单而直接，行动起来却心思缜密。"我去买了眼镜"，它将"人们的注意力有效地转移过来，默认我为近视眼"，因为"人们总是倾向于相信戴眼镜的人"。"我"又买下尼龙索和弹簧刀,"有一把弹簧刀,事情就会有一种仪式感"。在杀死美丽、优秀、同样身世可怜的女同学之后,"我"才被真正调动起来,开始逃亡。这个"找点儿事情干"的逃亡者躲在外地的小旅馆努力地擦地,像追寻真理一样把鞋面擦得光亮照人;买来望远镜,坐在楼顶端详着屁股下的小县城;在逃亡的过程中不断打开手机,给警察留下追捕的可能;"想乘船去下一地,又觉得他们不来我为什么跑,因此又住了些时日"。逃亡的过程是"我"与警察间的游戏,"像捉迷藏","我去敲门,跑掉,他们冲出,四散寻找,然后恼羞成怒地站在荒野"。直到这码事变得无聊至极,"我"才在小镇的集市中,对进行搜捕却又擦肩而过的警察说,"你们太嫩了"。逃亡在《下面,我该干些什么》变为一种生命的价值:

> 我跑在时间的最前列。在过去,时间是凝滞的,过去是现在,现在是未来,昨天、今天、明天组成一个混沌的整体,疆界无穷无尽。现在它却像一枚急速前移的箭头,一个射出去的点。它光明、剽悍、无所畏惧,像毒辣的阳光,凶猛地刺进每一个到来的未来,将它烧成矿渣一般黑暗的过去。我决定跑得粉碎。

出走或是逃亡在这里代价沉重，不但消化了女同学的性命，而且"我"也最终跑向生命的完结。虽然阿乙用大量的笔墨完成"我"在法庭的陈述，以展现并说明逃亡之于"我"的意义，但那些法庭陈辞更多地产生着完整故事情节的叙述作用，而真正形成情感冲击的还是凭空消失的两条人命。人命和逃亡在小说中构成了价值的对等，死亡在这里充当着沉甸甸的砝码，阿乙在小说中不断追问的逃亡的分量也由此得以衡定。

阿乙对出走的书写直到《模范青年》才趋于完整，它不但是作者自省式的发问，而且出走与死亡的交锋也前所未有地清晰化、白热化。艾国柱与周琪源一个玩世不恭，一个按部就班，但在最初有着相同的生命内核。周琪源从进入警校那天起就保持着令人难以理解的自制力，他通过了英语六级，自考拿到法律本科文凭，考中过研究生，发表过八百一十七篇报道，完成了小镇警局从未出现的专业论文，获得两次三等功和多次宣传先进个人称号，"他做这一切，只为出走"。生命距离的拉开，是因为"周琪源终生极少违逆父亲的旨意"。艾国柱能够因为一个河南的电话离开家庭，"走得那么轻松"，"为诱惑粉身碎骨，抛家弃业"，"从此无君无父，浪荡江湖"，而一切细小的责任与命令却能管住周琪源宏大的理想，"他没有和父亲再说什么，收起考研材料，塞进纸箱，从此不复过问"。一个完整的生命就此被分成两半：

> 一个是艾国柱，自由放荡、随波逐流、无君无
> 父，受尽老天宠爱；
> 一个是周琪源，勤奋克己、卧薪尝胆、与人为
> 善，胸藏血泪十斗。

这篇小说有太多阿乙自己的故事，周琪源也确有此人，但它的出现绝非阿乙作为一个胜利者为自己树碑立传，而是以此为他半生的游荡寻找一个可以令自己信服的理由。抛开那些真实故事，阿乙在小说里竭尽全力地把另一个规矩、懦弱的自己写死，只是因为作为"周琪源"的"我"别无其他出路，非死不可。这是一道单选题，由不得半分含糊。生命也因此变得简单而残酷：要么离开，要么死。

像守财奴一样守住自己的往事

——路内论

　　一个人忧伤地坐在那里，头也不抬，低声说，那就讲讲年轻时候的故事吧。讲完了，无辜地看着你，依然是一脸的忧伤，仿佛又有些释怀："衰老可能来得更慢一些吗？"这个人就是路内。路内不相信自己已不再年轻，心里却打着鼓。这是他通过小说，留给我最深的印象。路内的小说一点儿都不畅快，像在冷水里加热一只青蛙，慢慢地就被挟持了情感，让人分不清是在听路内的故事，还是在想着自己的事。

一、"无处可去"的青春

　　"这一年我三十岁，我很久没有坐在马路牙子上了"。《少年巴比伦》里的这句话几乎串联起他所有的小说。从《少年巴比伦》到《追随她的旅程》再到《云中人》，都有一个已到而立之年，至少也是奔三张的人在讲述以前的故事。"坐在马路牙子上"仿佛成了一个符号，一种激扬而放肆的姿态，如今"我"所能做的也只有回忆和祭奠。而这些对一个三十岁的人来说又是那样紧迫，就像《少年巴比伦》里路小路的慌张，如果这些故事在三十岁的时候还无处倾诉，就会变成黑暗中的一扇门，无声地关上，那些被经历过的时间也平静而深情地腐烂掉。因此，除了被讲述，"我"的青春无处可去。

路小路的青春普通又珍贵，荒诞却稀松平常。他中学时候从来做不出解析几何的题目，因为看到象限上的曲线只能想到女人的乳房和屁股，所以高中毕业，面临的选择或是参加高考，等着落榜，或是直接到厂里做学徒，或者干脆到马路上卖香烟。路小路一下子实现了两种可能，在拿着成绩单挨了他爸的一记耳光之后，成了糖精厂的钳工。成为钳工以后，声名显赫的师父老牛逼就已预见了路小路枯燥的中年，那时只有厂里的泵房阿姨"才是唯一的雨露"。这成为小说中一个微妙的关节。当三十岁的路小路回忆往事的时候，师父的预言早已破灭，他中年的生活注定是另一种样子，然而"阿姨"却成为他年轻时代的一个重要主题。这让路小路的故事颇具未老先衰的意味，好像三十岁之前已然走完了生命的全部，而之后令其向往已久的转机变得索然无味，尽管那样的青春"既不残酷也不威风"。电工班的意外减员让路小路从钳工升级到电工，虽然之前父亲许诺的化工职大成为泡影，但是，"电工也不错，至少我已经到达了工人阶级的顶峰"。于是，穿着枪驳领的西装换灯泡或者光着膀子炫耀体毛就成了电工路小路的全部生活。由于糖精厂扩产，再加上路小路大闹职工大会，他最终告别了那些看上去体面又轻闲的工作，成为车间里倒班干力气活的"三班"工人。再后来，路小路深爱的白蓝走了，生活真正变得空洞起来。一份"倒三班"工作，一些蜻蜓点水的感情，都无法让路小路打起精神。最终，路小路决定离开糖精厂，至于去哪里，他自己也不知道。路内很会讲故事，颇具一些冷峻的幽默感，所以我们常常会被其中层出不穷的有趣情节吸引而感到兴奋，可是整个小说完结的时候，却让人一点儿也不轻松。路小路就像转笼里欢乐的松鼠，跑得亢奋异常，却走不出糖精厂。年轻的路小路从来不知道什么是"安分"，翻墙、旷工、"抽游烟"，公然辱骂劳资科长，他觉得这样才有趣，才对得起自己二十岁时大把的青春。他把自己最珍贵的年华甚至是整个人生都交给了这个破落、空洞、充满无聊的嘲笑和自嘲的地方，就如同一只苍蝇搓着脚独自取乐，除此之外无处可去，只能在这里把自己挥霍掉。

当然，路小路也有理想。他二十岁那年的理想是在工厂宣传科做个科员，"每天早上泡好自己的茶，再帮科长泡好茶，然后，摊开一张《戴城日报》，坐在办公桌前，等着吃午饭"。这样平淡无趣的日子对路小路来说却是遥不可及的。他只是厂里的一个学徒工，食堂排队得给老师傅让饭，厕所拉屎得给老师傅让坑。这样的日子过了很久，在别人安分地做学徒的时候，他依然告诉自己应该去宣传科，或者成为一个诗人。他假装是一个诗人，以此来勾引那些懵懂的文艺女工；当别人都在看《淫魔浪女》的时候，他夹一本《收获》让自己显得特别。这样的理解显然低估了路小路，他在糖精厂确实是个与众不同的年轻人，至少在那群整日插科打诨的工人里，他敢想象自己会写诗，这也是他最后能够逃离糖精厂唯一的砝码。但是，糖精厂里的理想无疑是个笑话，他首先被科室青年鄙视，认为是在装孙子，其次被生产青年鄙视，理由还是装孙子。理想和青春总是纠缠不清，在这个理想被当成小把戏的工厂，路小路除了看着自己的春青一点点烂掉，还能做些什么？近三十岁的时候，路小路独自坐火车去上海谋生，看到火车上一个二十来岁的男子莫名其妙地哭着，哭得那么伤心，泪水汹涌，好像把路小路二十岁那年的伤感"一起滴在了路途上"。故事讲完的时候，路小路的青春结束了。

如果《少年巴比伦》给了路小路最终逃离的机会，那么在《追随她的旅程》中，路小路真的被困死在了戴城。十八岁那年，路小路还是戴城化工技校的学生，初中老师就说过，他们是七八点钟的太阳，但是，他不这么以为：

这种算法很光明，把人生视为白天，要是倒过来看，人生是黑夜，那么十八岁那年我正处于黄昏最美的时候，然后是漫长的黑夜，某一天死了，在天堂看到红日升起，这种计算的方式可能更接近于神的逻辑。

小说一开始就建构了这个封闭的逻辑，无论是白天到黑夜还是黑夜到白天，怎样轮回都改变不了戴城的衰老，更改变不了路小路被困在这个衰老县城的事实。这种设置非常奇妙，如果单看《追随她的旅程》，这让小说有了一些未卜先知的味道，跟之后的情节有着极契合的映照，而作为《少年巴比伦》的姊妹篇，将两部小说放在一起时，它又构成了对前篇的总结，加之两部长篇在故事发展上也有一些相似乃至衔接之处，这就圈出了一个封闭的循环，小说中青春膨胀与禁闭小城对抗之间的无力感油然而生，路小路无处安放的青春就陷在这种轮回中再也逃不出来。

在戴城，化工技校的学生自觉比重点中学的矮了一头，他们看到"戴城中学"的校徽，"就像妓女看见了贞节牌坊，有一种说不出的愤怒"。于是，打群架，在街上羞辱戴城中学的女生就成了化工技男们找回平衡的办法。其实化工技校也不错，至少路小路在这里遇到了老丁。老丁是路小路的语文老师，他一心让路小路学好，多读书，常常讲一些令后者摸不着头脑的道理。"尽管我并不在乎那张技校文凭，但真要是把我开除出学校，我找不到可以混的地方，也很麻烦"。在路小路即将被学校开除的时候，老丁跑到校长那里说情，成了路小路的恩人。不过，老丁的存在又是矛盾的。路小路本可像其他人那样混过技校的几年，然后一窝蜂地涌入濒临破产的工厂，成为一个普通工人，像《少年巴比伦》中那样度过与"阿姨"为伴的中年，然后蹲在路边下象棋。可是老丁又明确地告诉他"很有文学潜质"，让他与约翰·克利斯朵夫为伍，这让他难以在化工技校这个空洞而绝无出路的地方"安分"地衰老下去。是老丁的出现让戴城变得更加残酷，如果说路小路待在技校只是一个麻木的存在，那么是老丁清楚地告诉他，你不属于这里，但你无处可去。技校快毕业的时候，路小路不得不去前进化工厂，一个位于乡下的倒闭企业，那里生产的东西会把人的鼻黏膜腐蚀掉，"一毛钱的硬币从左边鼻孔塞进去，能从右边鼻孔掏出来"。与《少年巴比伦》一样，厂子的情况越来越糟，路小路们的青春就无奈地交代在这里。

不管怎么说，路内的故事一直都讲得很从容，虽然以青春作为主题，却没有青春写作的焦躁与不安，里面更多的是追忆和缅怀，有那么一点儿炫耀，同时又是无可奈何的悲凉和忧伤。在这些看似轻浮却又浓重的情感里，我们看到了一种青春刚逝的稚嫩的沧桑，在这样的感情面前，考虑故事应该怎么被讲述大概就是多余的了。

二、充满喜感的时代恶疾

1949 年之后，工业、工厂、工人曾经是中国文坛力推却颇显尴尬的题材，从 20 世纪 50 年代初到 90 年代末经历了高唱工人阶级颂歌到剖析和反思企业体制改革的漫长过程，虽然产生过一些优秀的作品，却始终没能形成什么大的气候。不得不承认，工业题材的创作已经驶上了一个发展缓慢并不断寻求转变的道轨。近年来，李铁等作家开始探寻有关工厂、工人创作的新方式，而年轻一代中涉及工业题材的更是只有肖克凡等为数不多的作家。路内的小说并不以工厂、工人作为叙事的核心，却有一种十分浓重的工厂情结。不同于李铁笔下国企改革中工人的坚忍与惶恐，更不像肖克凡的《机器》那般再现工人阶级的荣光，路内的工厂旗帜鲜明地悬挂着破败、萧条、混乱和荒诞的招牌。

《少年巴比伦》中，路小路在糖精厂做过钳工和电工，他对这两个工种的深刻认识是从钳工班和电工班开始的。钳工班在一个铁皮屋，冬凉夏暖，新来的学徒工任务很简单，"夏天洒水，冬天捡燃料"，路小路也是如此。钳工的传统是擦车，上班的时间大家把自行车推进铁皮屋，一字摆开，整个钳工班歪着头，眯着眼睛，陶醉得很，像"给自行车做马杀鸡"。一辆锃亮的自行车"显示出了一个钳工的骄傲"。相比而言，电工班就没有钳工班那么富有无产阶级的荣誉感，他们更像一群大烟鬼。电工班的所在地密不透风，电工们都在躺椅上抽着烟，碉堡一样的房间里烟雾弥漫，如同一个"鸦片馆"。不过电工也有光彩的地方，因为他们不用穿工作服，几乎每个人都是太子裤加两排金色扣子的枪驳领西装，"这种装扮走在厂里非常吓人，认识的人知道是电工发神经，不认识的还以为是外商来考察"，到了夏天更是"八个褶子的太子裤配上光膀子"，故意把皮带松开一个扣，让裤子吊在胯上，四处炫耀体毛。当然还有长脚所在的管工班。管工班的师傅们开发着另一项工作：下围棋。一个班组可以摆下四五个棋局，全都站着，叼着烟，而且手劲大得出奇，在彰显着工人阶级力量的同时谁也顾不上干活。各种车间也是一样的玩闹，至于泵房，则永远是留给"那些美色已逝、风韵残存的中年女工"的，这些"阿姨"是中年钳工们的甘霖。路内笔下的国营厂班组都有着各自的风貌和上班时间的娱乐活动，工人们挑衅安全科长，语言俏皮；举止怪异，跟他们内部的黑话很般配；男女之间打情骂俏，低俗却充满日常生活的智慧与欢乐。如果脱离了小说背景单去看其中的人物描写，会以为这是街头巷尾想法取乐的闲人，甚至干脆就是个杂耍班子。

　　至于厂里的工作更是充满了门道。在钳工班的时候，路小路跟着师父老牛逼出入泵房，工作无非是拧螺丝，把旧的水泵拆下来，让民工抬走，再把新的水泵换上去。旧的水泵直接扔到钳工班的角落，过上几个月就报废了，根本没人去修理它们。师父很体恤地告诉路小路，"做钳工很简单，对于泵房的老阿姨来说，只要你给她换上一个会转的水泵，她就会很舒服、很满足，谁管你能不能修好那个坏泵呢"，"铁棚子里有一大半的机修工都不会修水泵，只会拧螺丝，所以不用太担心"。至于技术评定，就是把一坨铁块儿生生锉成了不方不圆麻将大小的东西，然后学徒路小路就变成了四级钳工。更多的时间，路小路在照看老牛逼的自行车摊，学着跟泵房里的"阿姨"们套近乎。后来到了电工班的路小路和小李成了最忙的人，每天扛着梯子到各种地方去换灯泡。他们对"阿姨"失去了兴趣，开始揣着大白兔奶糖，遇到科室、化验室的小姑娘就会分给人家吃，然后坐上桌子聊个半天，"整整四个工时"。

松散的管理让厂里的工人有足够的时间取乐。就在长脚东躲西藏忙着复习考夜大的时候，全厂的师傅开展了一项围捕长脚的娱乐活动：谁逮住长脚，管工班长就发给一根红塔山。当然，国营厂也给员工们一些看得见的"实惠"，"厂里从偷窃成风，有人偷铁块儿，有人偷纱手套，有人偷煤块儿，还有人长年累月偷工地上的水泥，每天装一饭盒的水泥回家，再在包里揣一块红砖，这么顺手牵羊地干上三年，家里就可以重新翻修房子"。还有厂里的花匠，把每棵树苗的进价报高了十元，同时把活树记成死树，账本上凭空记录着一千多棵树，一百个高级盆景，还有一些从未存在过的芭蕉树、君子兰、日本樱花和墨西哥仙人掌——对于这个账本上的绿色世界，"所有人都很向往"。因此，在路小路记忆中的国营厂，你很难说这个花匠到底是个贪污犯还是一个浪漫成性的人。除此之外，厂里的干部可以肆意地打击报复不听话的工人，工人们自然也不怕什么，他们有恃无恐地享受着这个过程，因为国有企业"不能开除职工，除非你真的去打车间主任"，他们把保卫科长推进粪坑，在全厂大会上用污水把劳资科长浇成落汤鸡。

路内对国营厂的描写充满了矛盾，他清楚地知道这是一个时代不可救药的顽固癖好，但在叙述中又充满着温情。是这种混乱、荒诞和无药可救让年轻的路内以及无处可去的路小路们享受到了干涸的生活中难得的乐趣，以致自己看起来不像一个被排斥、孤立的混子。小说花了大量的篇幅去书写国营厂所谓的工作是一个多么空洞的词语，工作本身既无技术含量也没有任何的美感和吸引力，其中充满了消极怠工、资源浪费、胡来蛮干，玩忽职守，更像是厂里的员工寻找玩乐消遣的一个附带条件。小说写到三资企业出现在戴城的时候，工人们的账算得更清楚："在糖精厂，我们一天干两个小时的活，其余六个小时闲着；在三资企业一天马不停蹄地干八个小时的活，工资却不会高出四倍"。计划经济时代国营厂的种种弊病就在这种段子式的叙述里暴露无遗。

在中国当代文学数十年的历史中，对于计划经济的弊病、国营大厂的人员冗杂、效率低下、官僚作风盛行等问题的书写不在少数。作家们有的以一种隐晦的方式旁敲侧击，有的则饱含热情地呼吁、控诉。面对中国经济的坎坷历程和经济体制改革的迫切要求，绝大多数涉及此问题的作家都是十分严肃的，他们有着非常清晰的写作目的，有着旗帜鲜明的态度，怀着一种强烈的使命感进行创作，却少有像路内这样把一个时代肌体的重症和几代工人无法把握的荒诞命运写得如此意外，如此充满喜感。因此在这一问题上，我们很难说路内是一个十分严肃的作家。然而，路内对国营厂的书写为我们提供了另外一个视角，给读者带来的是一种非常奇特的阅读体验。对于这些问题，路内在小说中也有所透露：

> 为什么某些人认为我很善良，很有培养前途，很值得和我说话谈心，而另外一些人则认为我完全是个垃圾，除了去糖精车间上三班，再也没有别的事可干。……后来我是这么认为的，前者是那些亲爱的人们，我从生下来就要为他们唱歌写诗、讲黄色笑话，我要用很温柔的态度把他们写到小说里去；后者则完全是混蛋，我要八辈子去你妈的。这

个想法很幼稚，像个二元论者。纳博科夫说，所有打算清账的小说都写不好，不管是历史的账、个人的账。除此之外，还会像个愤怒的傻瓜，我很不喜欢傻瓜，尤其是愤怒的，所以我对自己的想法一直都很批判。[①]

所以，路内的小说里没有严厉的指控，甚至也谈不到严格意义上戏谑的解构，他只是提供了一种看似个人却又不完全属于个人、荒诞滑稽却又异常可靠的"历史书写"。在这种书写中，路内以一个人的感触达成了一个群体的共识，那种调笑的语调更是让某些高高在上的问题落入凡间、沁入每个当事人的肌体。这样的写作同样充满力量。

同时，路内有关工厂的叙述也提供了一种可信的历史感，就如一些上了年纪的人，对之前的那个时代深恶痛绝，讲起上山下乡却会流露出一丝不易觉察的怀念。人到中年的路小路虽然始终觉得工厂欠自己点儿什么，但又十分留恋。离开工厂的他会经常梦到厂边的河。河上原本有很多运送化工原料的货船，"突突的马达声很像一幕摇滚音乐会的开场"，听久了，这种声音会变得很无聊。但是在梦里，货船静悄悄地驶过，工厂的喧闹和压迫感因回忆变得无影无踪，就像村头的臭水塘被离家的孩子写成碧波荡漾杨柳招摇。张

① 路内：《少年巴比伦》，重庆出版社，2008年，第199页。

小凡是对工厂毫无记忆的人，在这个 80 后的姑娘看来，这就是一个破厂。这确实是个破厂，路小路当时也这么以为。不过，后来的路小路总能为它的光辉找到一些不容置疑的借口，比如这曾经是戴城著名的国有企业，"有两三千号工人，生产糖精、甲醛、化肥和胶水"；这样的厂子不容倒闭，"如果它倒闭了，社会上就会多出两千多个下岗工人"，这是威力极大的事情，"他们去摆香烟摊，就会把整条马路都堵住；他们去贩水产，就会把全城的水产市场都搅乱；他们就是什么都不干，你也得在街道里给他们准备五六百桌麻将"。这个厂子曾经带给路小路骄傲的资本，过年的时候厂里会发两尺多长的大鱼，挂在自行车龙头上尽情炫耀，这时邻居会说一无是处的路小路"真有出息"。然而回忆终究是回忆，"我不进去了，原来的门房老头死掉了"，"我就不进去了"。确切地说，是路小路回不去了，这是他"香甜腐烂的地方"，如今，"果子熟透了，孤零零挂在树枝上"。

三、新题材的书写困境

《云中人》是路内在题材方面的一个新尝试，离开了他所熟悉的工厂，转而去写学校，并且增添了大量悬疑小说的成分。小说开始于工学院"著名的淫乱场所"，那是校园男女们的圣地。看台背后的门洞正对着一排高大的水杉，青年男女在门洞里激情过后，男孩子会仪式般地"把套子摘下来打个结，抛向夜空，坠落于树枝"。日复一日，树枝上透明的套子悠来荡去，成了这所学校的地标，"供新生做启蒙教育"。这个开端确立了小说的基调，注定了故事会围绕青年学生的不羁生活展开。它隐含了小说推进的一些必要信息。首先，这是一所管理松散、不怎么样的工学院，其次，小说一定会涉及青年男女的感情与性，最后，那些日复一日形成的"传统"暗藏着激变的可能，而促成其发生的人或事将构成小说的核心内容。

夏小凡的故事其实很简单。他是工学院计算机专科三年级的学生，快毕业了还没找到像样的工作，有时像"鞋匠"一样"在电脑城里给菜鸟用户装机杀毒"。他学生时代最后的日子被描述成"打乱了次序无法恢复其线性状态的记录"：

> 　　一次发烧；一次被城管执法队抓进了收容所；两次喝醉了倒在草坪上睡到天亮；一次在学校澡堂洗澡被人偷走了所有的衣裤，包括内裤；六次吃食堂吃出蟑螂；两次散步时被足球飞袭于后脑；十次求职被踢出局；无数次买香烟多找了三块五块的……基本上都是被动语态。

这不仅是夏小凡学生时代最后的生活，也是学生共有的经历，而真正让夏小凡记忆深刻的是这段时间里过路的那些姑娘和突如其来的"敲头事件"。夏小凡也承认自己的感情"不太值钱"：热衷于植物学的姑娘半途失去联系就再也没出现过；唯一在看台门洞看他把避孕套扔到树上的长发女孩儿被敲头凶手杀死在黑暗的路上；齐娜跟夏小凡感情极深，却一直徘徊在他的朋友身边，最后死在小树林中；在咖啡店打工的姑娘离开了，留下一间还有几天租期的屋子；小白失踪了，夏小凡一直在找她；光头歌手的声音他再也没听到过；还有小白同寝的女生，在一张床上睡过多次之后依然是陌生人。在有关青春的书写上，《云中人》继前两部小说之后保持了良好的持续性，夏小凡像路小路们一样，依然纠结、迷惘、无奈，如同《少年巴比伦》里路小路的未来"只能看到这么远"，"上三班是傻子，下岗也是傻子，两者对我而言没什么区别"，夏小凡的学生时代也将结束在这种没有区别里。但是，我们很快便会发现小说中一个很尴尬的问题，夏小凡无处可去的青春是建立什么之上的？是感情世界中的被流放感，是通过混乱而稚嫩的男女关系所营造出的空洞的放荡不羁的生活，甚至是经由香烟、宿醉、小众摇滚乐、打口碟等标签式的东西生硬印证的姿态。相比《少年巴比伦》中路小路由钳工、电工最终被驱逐成为三班工人那样"从中兴到末路"式的荒谬变幻，《追逐她的旅程》里路小路从技校最差生到倒闭厂多余员工宿命般的演进，夏小凡青春的枯萎犹如空降，只是某一状态的平面展现，路内在几篇小说中企图建立的主题持续性因此缺乏了时空变幻的可靠支持。同时，在十余年青春、校园书写大行其道的情况下，《云中人》在校园主题上是没有什么突破的。毕竟校园就是那么大，人物关系就是那么简单的几组，本身就是一个不甘平庸却惊喜有限的领域，要在这里挖出什么新意，确实需要狠下一番功夫。如何去除那些浮于表面的惯用标签，更深刻、更深情地贴近青春本体，是路内在前两部作品处理不错却有必要在之后的创作中给予足够重视并寻求突破的一个重要问题。

想必路内也意识到了校园题材在新意上的局限，所以在小说中穿插了敲头事件，并将之作为故事的另一条线索。敲头杀手本是几年前工学院七起无目的杀人案的凶犯，早已被捕正法，是学校附近一个仓库的保管员，据说是他杀死了在看台门洞"启蒙"夏小凡的长发校花，也是他用榔头敲碎了"杞人便利店"小老板杞杞的头盖骨，使其至今头顶还是软软的一片。几年之后，敲头杀手再次出现在工学院，敲杀了一个女生，同时把另一个吓得精神失常。案发当晚，学校的男生全力围堵，虽然有人看清了他的相貌，像是学校附近的民工，但还是让他跑掉了。不过齐娜偷偷告诉夏小凡，两年前，她也被人跟踪过，回头看时，那人袖子里忽然滑下一把榔头，她一路狂奔到学校才得以逃脱。齐娜说，"后来两年里，我一直等着再发生类似的案子"，以证明她当时不是幻觉。故事情节的发展至此变得扑朔迷离，悬疑恐怖的气氛也被调动起来，在这个三流工学院周围，潜伏着不止一个敲头杀手，一茬接着一茬，繁殖迅速。之后齐娜的死、小白的失踪、咖啡屋女孩儿屋外闪过的黑影和窗台上留下的指甲，以及斜眼男孩儿掩饰起自己的生理特征假扮引路人把夏小凡一步步带入陷阱，都让简单的校园故事变得复杂起来，在一定程度上确实摆脱了校园题材被写俗写透的困境。但是，问题依然存在。小说中，青春故事与悬疑案件两条线索并没有很好地融合。青春故事的随性、荒诞，可以让作者任意发挥，而悬疑案件的书写则需要小说有着严密的逻辑，前后的铺垫、悬念的制造、谜团解开或不解开的必要推演都需要一番推敲。青春主题、校园故事的无律性和悬疑小说人为制造的张弛很难形成节奏上的一致，至少在《云中人》里是没有实现的。两条线索在小说中不能互为有力的支撑，反而相互干扰着对方步伐，这也就是为什么《云中人》读起来远不及《少年巴比伦》和《追随她的旅程》那样舒缓顺畅，令人觉得《云中人》背后的路内有些不知所措，显得浮躁而慌乱。

　　一部好的小说会在有意或无意中形成某个自主、稳定的场域，它为小说的写作者与接受者提供了共通的叙事逻辑和审美体验。写作者提供的某种东西对于该场域中的其他个体来说是新鲜的，其他个体对其有着充分的好奇心，有着高度的审美期待，那么这时候，其中的秩序是严密而稳定的。《少年巴比伦》和《追逐她的旅程》以其青春书写圈定了一个相对封闭的领地，而其中有关国营厂的叙事不但向这个封闭的区域提供了一种新的审美经验，同时也吸纳了一些可能形成共识的新分子的加入。但《云中人》在圈定一个领域之后却难以拿出具有足够吸引力的东西，其内部也不易形成一种稳定的秩序，毕竟小说两条线索的连接有些生硬，受众范围也相去甚远。因此，《云中人》新题材的尝试很难说是十分成功的，夏小凡身上清晰地存有着路小路们的影子，但离开工厂的路小路是单薄的，而且敲头事件的悬疑色彩几乎把单薄的路小路排除在外，成为小说两条线索之间一个虚弱的关联。因为前两部小说的存在让我们更易看到《云中人》的缺欠，同时也让人有理由相信路内本可把《云中人》写得更好。

有人曾将路内与王小波相提并论，把二者的荒诞幽默和时代记忆放在一起来谈，这大概是一种多余的牵连。虽然《黄金时代》后部同样有一些回光返照的忧伤，但小说整体充满了向外的张力，是王二那个十足的混蛋传奇般的挑衅。而路内的小说更多的是向内的抚慰，可能有些抱怨，却极少向外严厉问责，这是两种精神世界截然不同的写作姿态。后者在用青春的故事来消化一个年轻人的衰老，"用路途来迷惑读者，事实是它在谈论的是时间"，不由得暴露出新生的沧桑感。

张 楚 论

在青年作家中，张楚可能不是最显眼的一个，或者显眼本身就与他格格不入。小说中的张楚质朴而冷静，不动声色地讲述着小镇人生的卑微、无聊、坚韧和绝望。他不紧不慢地写着小说，有一套不错的叙述手段，即便所谓的"结局"早已真相大白，却还能把读者拉回过程之中；他的小说"为纷杂而贫乏的文学展示了一种朴素的可能性……在对差异的把握中严正追问什么是怜悯、什么是爱、什么是脆弱和忍耐、什么是罪、什么是罚、什么是人之为人、什么是存在"①。张楚的出现无疑是新世纪文坛的一个惊喜。

一

凭借可靠的叙述，张楚向我们展现了一个异常绝望的世界，李云雷就曾把张楚称为"黑暗中的舞者"。与一些引导

① 李敬泽：《张楚：真正的文学议程》，《中华读书报》，2003年11月12日。

故事走向绝望的作家不同，张楚热衷于一出手就把绝望摆在人们面前，以之作为小说多种可能的开始。

《曲别针》里的刘志国并不是一个讨人喜欢的角色，当然，他身边的一切同样不讨他欢心。他半躺在酒店大堂的沙发上却被前台接电话的收银小姐搅得心烦意乱，神经质地数出姑娘的上唇和下唇一分钟内碰了六十九下，幻想着要是有把勃朗宁手枪，一定"用枪膛轻柔地抵紧她的口腔，辨别一下她是否比别人多长了一条舌头"。他厌恶自己的跟班大庆，"要不是因为他们一起在钢铁厂做过十五年的工友，要不是他有个下岗的老婆和瘫痪了多年的父亲，他早就把他解雇了"。酒店楼上跟小姐搞在一起的东北客户没完没了，不知什么时候才能结束；熟悉的酒店突然间不接受他的签单；手里的曲别针老是不那么听话，没法像曲别针艺术家路易斯·裴德那样随心所欲地变成艺术品；情人苏艳的电话总是不合时宜地打进来；他也想不明白苏艳这个身材苗条风骚万种的小姐怎么看上了他这个"四十岁、有点儿轻度阳痿、手里没几个钱的小老板"，更搞不清苏艳那个两岁的男孩儿到底是不是自己的儿子……总之，刘志国的生活里似乎没有什么不值得厌恶，于是便用同样令人厌恶的方式表达着自己的情绪。

但是很快，张楚就为刘志国乖张的性情找到了一个理由：

> 脸色苍白、终日拿药喂着、患了轻度抑郁症和自闭症的女儿拉拉。拉拉。可怜的拉拉，十六岁的拉拉。喜欢吃"德芙"巧克力和"绿箭"口香糖的拉拉。得了先天性心脏病、左心房和右心房血液流速缓慢、左心室和右心室时常暂歇性停止跳动的拉拉。拉拉。唯一的拉拉。拉拉。拉拉。

这个蛮横跋扈的铁锹厂小老板，一个已经交好三万定金打算干掉客户的不规矩的"生意人"，无论如何也改变不了拉拉活不过这个冬天的事实。他那些混乱和扭曲的行为完全来自于即将失去女儿的无助与绝望。这个人，不是一个符号式的"底层"人物或是无力的"弱势群体"之一员，而是一个永远无法被拯救的父亲。他之所以拼命地赚钱，是因为"拉拉的药费永远是一只饥饿的胃"，他只能"不厌其烦地往这只胃里灌溉纸币"，除此之外无能为力。他的口袋里装着十四枚曲别针弯成的形象，两把铁锹，剩下的全是拉拉，一个女孩儿消瘦的头像。这十四枚曲别针其实构成了刘志国生活的全部：女儿，和为女儿灌溉纸币的铁锹生意。张楚无意在这篇小说中用无耻和温情、强势和软弱包裹出丰富的人性，或者说他的野心不止于此。生命的分裂更能引起他的兴趣，他在小说中书写的是深埋人心的暴戾之气如何被分离出来，不断施放，最终践踏生命也被生命践踏的短暂而又令人无法承受的过程。

小说以一个惊异的场景展示了绝望的皮囊和撕裂的灵魂的狂欢：因侮辱一对恋爱中的警察被带到派出所的刘志国刚刚得以解脱，还未走出胡同就转向了一个等客的小姐。床上，他把一张报纸索索地展开，女人的身体在光影中变成"正被一辆卡车压成一张皮，没有血肉和骨骼的皮"，在女人越来越疯狂的动作和喘息声中，更让刘志国兴趣盎然的是破报纸上英国特种兵与本·拉登擦肩而过以及超级充气女郎的广告。这段描写虽是围绕性事展开，却丝毫没有弥漫出荷尔蒙的味道，刘志国就像做着一件无聊而又必然去做的事情，比如修脚，需要一张报纸打发时间。小说在这里变得有趣起来。对于刘志国来说，最紧迫的就是时间，女儿的生命所剩无几，而他却偏执地将这时间以最无聊的方式消耗掉。

事后，小姐意识到刘志国根本没有钱，开始狂躁地搜索他的衣服，直到发现一条水晶项链。这是刘志国买给拉拉的礼物。无聊、狂躁、父爱、温情、绝望、无助……小说先前沉积下的所有情绪在这一刻以最极端的方式爆发出来，变成本能的"骨骼和肌肉的协调性"，直到他发现"女人被自己像玩具似的在地板上摔来摔去、一摊黑色的血黏着她浅黄色的短头发"，"软绵绵的身体瘫倒在自己的脚下，仿佛一条被剥离了脊椎的蛇"。他不知道自己什么时候把项链拿在了手里，心想"没人会得到不属于他自己的礼物，哪怕是条价值四元钱的地摊货"。他舔干了项链上的血迹，踢了踢女人的屁股离开了，而女人像"一条吃了安眠药的鱼"。

整个小说都建立在拉拉即将死去这样一个绝望的起点之上，这个起点是刘志国跋扈、放肆、发泄、扭曲以及从电话里听到女儿毛茸茸的声音有了一瞬间温情的唯一来源。至于刘志国是否将那些曲别针弯成的头像全部吞下去已并不重要，因为绝望的开始在张楚的小说里只会走向一个黑暗的结束。小说用近乎残忍的叙事手段以一种绝望阐释着另一种绝望，在塑造出一个无法被拯救的灵魂的同时，反复地拷问着人类情感的承受极限。

二

《献给安达的吻》有这样一句话："人的意志总要被某种偶然力量瓦解，同时派生出噩梦似的结局。"这句话几乎成了张楚创作的一个重要信条。在很多小说里，张楚如同一个痛恨希望、拒绝拯救的凶手，摧毁了小说中任何产生转机、通往光明的可能，只为寻找一个最坏的结果。

《长发》是张楚最优秀的短篇小说之一。小说开头，王小丽对着镜子拔掉一根白发，用火柴点燃，燃烧的头发"喷出一股烧死雀的煳味"，站在她身后的外甥女不失时机地说了句："老姨，你该结婚了……是吗？"小说由此营造出一种岁月的紧迫感，如果王小丽再不让自己的生活发生改变，她也将不可救药地散发出苍老的焦煳气。王小丽之前的生活糟糕而无味，在满是布料、鹅绒、粉笔和线团的家中，她的两个哑巴姐妹忙得头也不抬，完全忽视她的存在。她倒是可以给父亲剪剪胡子，对着他说上两句话，可是瘫痪在床的父亲即便听得懂，也全无对话的可能。刚刚结束了六年无性的婚姻，"不仅将六年的时光判给了马黎明的那张双人床，也将她所有的积蓄花在了律师身上"，剩下的只有前公公对她恶毒的谩骂。张楚调用了足够的笔墨来描写王小丽之前的生活是如何干涩、零乱，而这些全是王小丽的生活应该好起来并且真的有了起色的情感积累。"她现在是一点儿不惧怕这样的日子，她就要结婚了"，这是王小丽幸福生活的号角。她遇上了一个为之心动的男人，她跟他结婚，丝毫不顾忌他带着一个四岁的儿子，还盘算着把头发卖掉，买一辆上班用的摩托车，尽管她在的国营手套厂已经连着四个月发不出一分钱。无论怎样，王小丽觉得令她"暖和"的日子终是不远了。然而，这"暖和"的日子被迅速瓦解，王小丽发现自己喜欢的男人正与前妻做着苟且之事，又在卖掉长发时被人强暴。

性在这篇小说里作为叙事的核心线索出现，更是王小丽的生活由黯淡到出现转机又随即被瓦解的象征。王小丽的前夫患有性功能障碍，这是她与前夫离婚的主要原因，"我等

了他三年，他就是不去医院治疗"，"我只是想要个自己的
孩子"。这也为前公公的谩骂提供了借口。在这里，性意味
着压抑、畸形和耻辱，小说对性的叙述已然支撑起王小丽
的不幸生活。在王小丽的生活转机中，性的叙述更是微妙。
小孟对王小丽散发着十足的诱惑，有着"紧绷的没有一丝
赘肉的屁股"。她总是"喜欢偷偷地瞥他两眼，有时甚至
有种快抑制不住的冲动，想把他的头搂入胸怀，让他的鼻
孔和嘴唇紧紧贴住自己的乳房和心脏"，幻想着"小孟在床
上时是什么样"。如同王小丽尚未触及就被迅速瓦解的"暖
和"日子，她对小孟的性期待也终究是个虚妄的幻想，"她
和小孟还没有真正做点儿什么，他们有的是机会，可是他
们并没有做"。小说颇费心机建立起充满转机与希望的生
活，其瓦解到崩溃的过程，完全是由性来实现的。当王小
丽揣着满心的温暖和同样温热的护心肉去找小孟，从这个
准备与她结婚的男人屋里出来的女人以及粘在葱绿色羊毛
衫上的避孕套如同突袭而来的寒流，把她"暖和"的日子
冲得无影无踪。她把落在地上的避孕套捡起来托在手心，
"她确信自己在那恍惚的片刻神志迷乱起来，不然她不会像
个捡到肉骨头的猎狗那样，把如此肮脏的东西贴近鼻尖闻
了闻"。这段描写显示了张楚叙事中的冷酷，在一连串缓慢
而平静的动作中，是一个有着温暖期待的女人精神世界的
崩塌，甚至连绝望也感受不到。从之前象征着压抑、畸形

和耻辱的符号，到后来蕴含希望与转机的诱惑和想象，再到用"肮脏"来表述的欺骗和背叛，在小说突如其来的转折中，对性的叙述经历了一个戏剧化的过程。如果说这样的转折还不够残忍的话，小说的结局更富震撼力。王小丽决定卖掉长发，却遭到买发人的强暴。她无法反抗这个力气大得出奇的男人，在这个过程中还有一个叼着胡萝卜的白痴充当帮凶。施暴的男人以最廉价的方式消费着王小丽的希望和尊严。需要特别注意的还有男人那句"还是处女呢"，这几乎可以被看成是作者要把性的叙述推向崩溃、推向极致的一个暗示。张楚叙述中的残忍在其后更是显露无遗。王小丽摸着卖头发得的五百块钱"还在硬扎扎地暖着心脏"，"心也就放下了"，只是想着"我要结婚了"，"我只是想要个好点儿的嫁妆"。当王小丽失去了爱人，失去了期望的生活转机，而恍惚着把一切都置于卖出一头长发所获得的安慰之时，强暴又能怎样，她还有什么可供失去吗？小说跳出了紧锣密鼓编织着的性的逻辑，让区区几张纸币带着"不过如此"的轻蔑口气瓦解了象征着王小丽全部生活的性的意义，无论它是压抑的、耻辱的、"暖和"的还是崩溃的。

与之类似的还有《疼》。杨玉英虽然做过风尘女子，却在有了一些积蓄以后金盆洗手，努力推销各类可以推销的产品，期望可以与小自己六岁男人过上安定的生活。她深爱着这个叫马可的男人，并且怀了他的孩子。然而，瓦解杨玉英幸福生活的正是马可。他策划了对杨玉英的抢劫，只是事情的结果是马可始料未及的。当杨玉英经历了磨砺，决心与自己心爱的男人建立家庭即将触及幸福之时，张楚用一个来自于智障凶手的荒诞理由终结了她生命："他说她干吗不让他拿走床下的蜡笔小新呢，他说她不知道小新睡在地板上会害怕吗？他说她还用脚踩小新，他说她不光用脚踩小新还用脚踹了他裤裆，他说他没想用刀砍她，是她先用菜刀吓唬他的，他说她不砍她她就会砍了他，他只好先用菜刀砍了她的脖子，这样他就能带着小新安全地回家了……"马可坐在车里抱着流血不止的杨玉英，他想起两年前怀中的这个女人花了五百块钱从北京打车到酒吧把烂醉的自己带回家，那时也像现在一样把手伸进他的衬衫，而这一切都将一去不返。在作者残忍而出人意料的叙述中，杨玉英的死同时瓦解了两个人生活的希望和转机的可能。那么对于马可这个不再拥有未来的自负的阴谋策划者来说，小说结尾所呈现的悔恨和绝望则意味着他仅有的过去与现实的彻底崩坏。

《大象》里没有流血、没有扭曲的身影，充满着母亲对死去女儿的留恋和年轻朋友间的关爱，却是一篇更加残忍的创作。小说由两条线索构成，第一条开始于慵懒而无聊的叙述。孙志刚夫妇的进城之行从一开始就被各种事情搅扰着：先是栗子少了一袋，接着是遇上了搭车进城的亲戚；借来的三轮车在城里被警察阻拦；他们要感谢的人不是出差，就是患了严重的老年痴呆，还有的搬去了德克萨斯，再无联系到的可能。这种绝望的升华在于艾绿珠隐藏的一个秘密。她把女儿的骨灰缝在了随身携带的大象里："她没把女儿留在寺庙，而是时常把女儿贴在乳房上"。女儿仿佛永远留在艾绿珠的身边，在这种自我欺骗式的安慰与温暖之外，失去女儿的痛苦与绝望也会如影随形，从不消退。第一条线索在叙事逻辑上与《曲别针》别无二致，当孙志刚女儿的死已成事实，作者能够向我们展示的也只能是于事无补的情感溃败。

小说的第二条线索开始于令劳晨刚感到不安的旅途，她和网友苏澈在为患了白血病的孙明静寻找亲生父母，请求他们的两个儿子为孙明静捐献骨髓。在这条线索中，出现了张楚创作中罕见的清亮色彩。劳晨刚在长途车上被坐在旁边的男人骚扰，不动声色地用随身小刀在男人手上切了一下作为报复；她随时用 MP4 录下各种"奇怪的、有点儿轻快的声音"；热心的网友苏澈在小卖部给劳晨刚买雪糕，看着她吃方便面；两个人孩子气的轻松交谈，争论到底谁更成熟——众多情节都让这条线索显得富有人情味。当孙明静的亲生父母拒绝让两个孩子捐献骨髓之后，一个稍大点儿的孩子跟着劳晨刚出来，悄悄对他说："你们代我问姐姐好。我还记得小时候，她带我买过水果硬糖吃。她的病好了，让她一定来看我，好吗？"这样一段饱含温情与希望的描写出现在这条线索即将完结之时，几乎让人们开始相信这是一个独立而光亮的故事了。但是，当两条线索交织一处，一切都变了。孙明静的死是板上钉钉的事实，它作为整篇小说的起点实际上已经完全消解了第二条线索在救人故事中的现实价值，劳晨刚寻找孙明静亲生父母所付出的全部热情、经受的所有波折已然毫无意义。但是，在整篇小说的情节架构中，张楚固执而残忍地让第二条线索继续推进下去，两条线索于小说结尾相交，最终让一个善良的女孩儿在广场围观的人群中发出粗糙而绝望的痛哭。如果说第一条线索只是循序渐进揭开母亲把女儿的骨灰藏在身边的秘密，从日常生活的琐碎慢慢展示绝望之深广的话，那么第二条线索则是在给出一个斩钉截铁的判决之后，在一个无法改变的悲惨结局真相大白之时，依然不动声色地演示了一则清亮的故事，里面那充满温情的可能在小说中先被缓缓地成全又被无情地摧毁。

《草莓冰山》里"我"的出现是小东西畸形生活中罕有的一丝温暖，当她跟着拐子离开，她的情况可能会变得更糟；老辛与张茜在《夜是怎样黑下来的》中的斗争以老辛一次又一次的溃败走向了一个耻辱而荒诞的结局；贯穿《夏朗的望远镜》的是夏朗被逐步侵吞的志趣和尊严；《七根孔雀羽毛》里宗建明为了让儿子小虎回到身边，不惜替人卖命，却因毫无目的的闲逛被摄像头拍下在场的影像，让他对生活的美好设想化为泡影。凭借严谨的情节发展逻辑以及对心理细节和生活细微证据的把握，张楚在小说中竭尽全力地寻找某种希望或转机被瓦解的可能，他让小说中那些失意的人物为着一个并不清晰的目标，付出尊严、付出诚实、丧失底线，最终获得的却只有最坏的结局。

三

从《曲别针》到《长发》再到《地下室》，张楚通过各种手段逐一展示着人性之恶的施放。但是，在张楚的叙述中，恶之发生似乎总有一个圆润的过渡，甚至让人读起来也觉得理所当然，就像张楚在一篇创作谈中所说，"人们好像也已经习惯没有忏悔的生活"。

其实在《曲别针》里，张楚就已经开始思考忏悔缺失的问题。刘志国把一对恋爱中的警察当成嫖客与妓女，"我想把这位小姐给包了……你出了多少钱？我赔你双倍价钱好了。"刘志国放肆、张狂、不顾廉耻，任意地以自己的思维打量着世界。当他被警察戴上手铐，依然一副无所谓的样子，没忘了命令大庆把两个热衷于虐待的嫖客招待好，还暗自品评女警察："喜欢玫瑰红的女人，都是愚蠢的女人。"在他杀死试图夺走送给拉拉项链以抵嫖资的女人之后，若无其事地走到街上，丝毫没有杀人之后的惊恐、慌张，想是今晚应该把两个傻乎乎的生意伙伴干掉，轻松得像嘴里哈出一口热气。他安静地拨通了女儿拉拉的电话，像一个好父亲。即便是吞掉了十四枚曲别针，"当那些玫瑰、狗和单腿独立的女孩儿在他的胃里疯狂舞蹈的时候"，他依然相信自己的运气总是不错。小说在这里让刘志国重新回到了那个绝望的起点，他的生命将会依此循环，也许明天就会锒铛入狱，也许暴行依旧，唯独没有忏悔的影子。

《雨天书》中王一等绝食了，因为跟他有过一腿的寡妇房翠芬不想嫁给他。憨厚老实的张宝林决心帮助这个被母亲收养的兄弟。他去求过房翠芬，后来也跟房寡妇有一腿的老袁给指了条"明路"："钱哪！我不信王一等要是给她五千块钱，她会不嫁给他"。无奈之下，张宝林想到了卖血，想到大老王的妹妹就在医院。老实人张宝林的噩梦就此开始。

首先是"好心人"大老王。大老王对收废品的张宝林格外照顾，平日里的旧报纸都攒下来专门留给他。在大老王的帮助下，张宝林卖了六百毫升的血，得了两千块，盘算着有了这些钱，大概就能帮王一等娶了房翠芬。为了感谢大老王，张宝林咬咬牙请他吃涮羊肉。酒过几巡，大老王的话多了起来，直到一个唱黄梅调的姑娘出现在他们面前。唱着唱着，张宝林醉了，等他醒来，卖血的钱不知去向。在大老王金屋藏娇的旅馆，张宝林听到了这样的话："我们这样糟蹋他，骗他的钱，心里总不落忍。这可是他卖血的钱。"这个骗过老婆，骗过闺女，骗过主任、骗过局长，唯独没骗过张宝林的"好心人"，在安徽妹子的嗔怪下，那丝丝悔意也如过眼云烟，化作熄灯之后房间里的呻吟声。

接着是王一等。可怜虫王一等没能等来娶媳妇的钱，半夜偷偷去了寡妇家。当张宝林发现王一等的时候，小说压制许久的能量才真正爆发出来。

> 张宝林说："这么晚了你还来献殷勤。房翠芬请你来挖地窖吗？她想秋后囤白菜吗？"
>
> 王一等说："不是囤白菜。是埋人。"
>
> 张宝林说："你是不是饿晕了说胡话？"
>
> 王一等说："我清醒得很。我要把房翠芬埋了。"
>
> 张宝林说："埋她做什么？"
>
> 王一等说："她死了，难道还让她睡在炕上？"
>
> ……
>
> 王一等说："张大傻，快来帮我帮我，我累了，挖不动了。"
>
> 张宝林说："她这是怎么了？"
>
> 王一等说："我给了她六十块钱。可她只让我摸了两把奶子。我让她退给我三十块钱，她不肯。我就用铁锹打了她脑袋，就死了。"

人性之恶在瞬间得以施放，一直窝窝囊囊的王一等也如同变了一个人，好似六十块钱买了一条人命，还亏欠了许多。这时的张宝林也像看着兄弟做了一笔赔钱的买卖，只是无可奈何地接过铁锹，挖了没两锹就蹲在坑沿上抽烟。小说的结尾被处理得精准而平静，那几片有着"青草被阉割后清爽味道"的樱桃叶子，让张宝林觉得自己"成了一棵枝干开裂的老樱桃树，脊背、头颅和心脏生出些枝丫，那些枝丫安静快速地生长着，恣肆地吞咽着漫天雨水，同时盛开出些许细碎的、麻冷的花朵"。

小说演绎出一种慢收快放的节奏，从对大老王热心厚道的书写到他骗走张宝林血钱的突然转向；从王一等为娶房寡妇绝食两天哀叹生活无味到突然之间拍死了自己渴望的女人，阴险、暴戾的能量在老实敦厚和苦情颓唐的缓慢积累下猛地爆发出来，一切都出乎意料，却又合乎小说的叙述逻辑。在这种人性之恶的突然爆发之后，则是毫无忏悔的安宁。面对欺诈、杀戮，无论是张宝林还是大老王、王一等，都被张楚赋予了一张司空见惯的面孔，甚至作为受害人的张宝林，站在大老王窗外，都不知该离开还是破门而入，因为一想到女人给大老王洗脚的样子，"心就先柔软起来"。这与小说结尾樱桃花的宁静遥相呼应，毕竟施暴到忏悔路途遥远，而拒绝忏悔，一切都可以装作风轻云淡。

《梁夏》中忏悔被更好地隐藏了起来。泥瓦匠梁夏结婚之后跟着老婆王春艳跑起了小买卖。生意越来越好，小两口开始盘算着找个帮手，就这样，王春艳的叔伯三嫂便进入了小两口的生活。开始还好，三嫂话也不多，低眉顺眼地帮着忙活，但渐渐地，梁夏和三嫂之间就多了那么一点儿东西。

虽是婚外情，但在张楚的叙述里带了些许初恋般的朦胧与青涩。梁夏眼中，三嫂越来越受看，"眉极轻目极细，眉目前略敞，眼皮不是乳黄，而是笼了层炊烟"，嘴是肉肉的，"不是通常这个年岁女人的李子红，而是樱桃红"。梁夏带着三嫂去俫城赶集，两人一路无语，却都等待着对方说些什么。进货的夜里在高速上堵了车，震天动地的雷声吓得三嫂一把抓住梁夏的手，越抓越紧，"这个表相瘦弱的女人，气力竟如此之大，仿佛她此刻将毕生的力量都倾注出来，或者说她把她毕生的气力都孤注一掷，为的仅是将他的手指跟她的手指纠缠在一起，为的仅是她的皮肤能与他的皮肤摩擦无隙，为的仅是她的指纹与他的指纹或许能重叠"。张楚狠下了一番功夫来打扮三嫂，从她的勤快到她为自己偷衣服的远房亲戚贴钱，即便是对梁夏动了心，也好像单纯得让人同情。

直到一天夜里，三嫂留宿梁夏家，趁着夜色偷偷摸上了他的床，从此一发不可收拾。如同《雨天书》中的大老王，三嫂的面目在一夜之间有了翻天覆地的变化。第二天，她跑去村委会告状，说梁夏"把她搞了"。村支书自作主张从梁夏口袋里搜出一千块钱塞到三嫂手里，竟被她看也不看，从中间"果断地撕成了两截"。受尽冤屈的梁夏跑到镇上告状，不想三嫂拿出了"证据"。如果此前我们还相信三嫂对梁夏的爱慕或是因为独自留守的寂寞，或是与梁夏日久生情，那么当作证据被小心翼翼包在手绢里的两根阴毛被展开在镇政府办公室的时候，三嫂对梁夏的感情已然化为得不到便毁掉的扭曲占有。小说为三嫂所进行的情感积淀显然比大老王的更加有效，毕竟张楚在梁夏、王春艳和三嫂之间预先建立起一个相对可靠而平稳的情感关联，这是大老王与张宝林所不具备的。因此，三嫂的"恶人先告状"有了更大的阅读震撼。

梁夏四处申冤，三嫂却又一次在夜里出其不意地抱住了这个冤屈的男人，关切地问候，用胸紧紧贴着他的后背。三嫂的再次出现构成了小说一个异常纠结而又关键的环节。人物形象及行为的反复在不断增强情节突变张力的同时，也将人性的两面进一步放大，三嫂对梁夏的情感愈发地真诚可靠，而其中隐藏的危机与三嫂在镇上狂热的面孔也愈发膨胀和扭曲。

第二天，三嫂死了，吊挂在自家的梁头。这是一个颇为聪明的结尾。它既是一个女人求爱之路走向绝望的结局，又是梁夏万劫不复的开始，毕竟谁也不相信一个女人如果不是受骗上当会把这种事情首先抖搂出来。在这场两败俱伤的感情纠葛中，三嫂的死证明了她的真诚，同时也毁掉了整个事情的是非。是非不复有，哪里还谈得上忏悔？

《古典之殇》：守护乡土中国的斯文

2000 年读《激动的舌头》，2001 年读《黑暗中的锐角》，2002 年读《跟随勇敢的心》，2004 年读《精神自治》，印象里的王开岭敏感、锋利，带着一股精锐之气左突右杀。他在《激动的舌头》中攀登"精神之塔"，在《跟随勇敢的心》中与巨人对话，他关注良知、权利、理性、正义和一个社会的道德底线。但是此后几年，王开岭似乎停止了那种喷涌式的输出，这匹散文群落中的"黑马"也就难免受到冷落，或者这个时候，已经不能再用"黑马"相称了。后来才看到王开岭的《古典之殇——纪念原配的世界》，却发现已是旧作。缓缓读来，书里早已没有马蹄乱舞尘土飞扬的征伐之气，倒是流露出安宁、平静，颇带古意的坚守。《古典之殇》更像是王开岭深夜的喃喃自语，不见得要以此打动谁，说服谁，却是一个人到中年的斗士舔舐伤口、自我洗练的过程。

一、"故乡"

"一个焕然一新的故乡，令我的写作就像一种谎言。"——王开岭同感于于坚的叹息，并发觉"这不仅是诗人的尴尬，而且是时代所有人的遭遇"。不由得想起鲁迅，想起他"永别了熟识的老屋，而且远离了熟识的故乡，搬家到我在谋食的异地去"的悲凉。不过，鲁迅的故乡写得太决绝，让人感叹的是人世，而王开岭的故乡则要温柔暧昧得多，让人看到的是时间：

> "故乡"，不仅仅是个地址和空间，它是有容颜和记忆能量、有年轮和光阴故事的，它需要视觉凭证，需要岁月依据，需要细节支撑，哪怕蛛丝马迹，哪怕一井一石一树……否则，一个游子何以与眼前的景象相认？何以肯定此即魂牵梦萦的旧影？此即替自己收藏童年、见证青春的地方？ [①]

其实，《古典之殇》里很多篇章都在写"故乡"。王开岭在目录里就开始发问："谁还记得从前的世界？谁还记得生活本来的样子？"这个"从前的世界"和"生活本来的样

---

① 王开岭：《每个故乡都在消逝》，《古典之殇——纪念原配的世界》，书海出版社，2010年，第69页。

子"从何而来？在很大程度上，它们来自一个人童年、青春对某时某地的直观感受和记忆，于是，这些记忆就构成了"故乡"。在《再见，萤火虫》里，故乡是"20余年"没见的萤火虫；是每每捉了它却"不敢久留"，先"请进"小玻璃瓶里，凝神观望然后"轻轻吹口气"送走它的小心翼翼；是一个孩子沉迷夏夜的缘由；是"怕天上少了一颗星"的单纯而又神圣的敬礼。在《谁偷走了夜里的"黑"》里，故乡是"深沉的、浓烈的、黑魆魆的夜"，变成儿时小学作文里"伸手不见五指"的黑。故乡是《耳根的清静》中孩子夜半醒来，厅堂木壳挂钟不知疲惫的叮当叮当；是想起老师说"一寸光阴一寸金"时认定这叮当就是光阴就是黄金的顿悟；也是成年之后对"晨曲、溪流、雀啾、疾风、松涛"，"秋草虫鸣、夏夜蛙唱、南归雁声、风歇雨骤、曙光里的雀欢、树叶行走的沙沙"永无休止的依赖。故乡成了《蟋蟀入我床下》儿时喂过辣椒、葱头、苹果的蟋蟀和蝈蝈；是"鸡、虎、虫、棒"的斗牌和谁吃谁谁打谁的自然法则。到了《女织》里，故乡又被母亲亲手织成毛衣。它是放学路上无拘无束的欢乐，是一个贪玩的孩子遭受的"回家吃饭"的通缉，它更是桥应该有水，人应该走路，四季应该分明的牢固记忆和今天看起来不合逻辑的可靠逻辑。

然而，故乡只是时间、记忆、细节、那些旧影和一草一木吗？不是。它是一个人此后面对世界展开想象的基础，是一个人与什么为伍与什么为敌的证据，也是一个人到底是谁，从哪里来又到哪里去的可能。"像今天的北京、上海、广州，一个人再把它唤作'故乡'，恐怕已有启齿之羞……它不再承载光阴的纪念性，不再对你的成长记忆负责，不再有记录你身世的功能"，"所有人皆为过客，皆为陌生人"，"面对无限放大和变奏、一刻不消停的城市，谁还敢自称其主？"也许告别了"四点零八分的北京"的郭路生从红旗渠归来，依然相信这是他的北京；当年戴着军帽聚集于莫斯科餐厅的高洋、高晋、于北蓓、米兰们，身藏利器在什刹海溜冰呼啸、拍婆子看灰皮书的钟跃民们，也相信这是他们的北京；甚至一个从"四中"走出校门的90后、00后，还是相信这是他的北京——问题是，这是不是你、我、王开岭的北京、上海、广州？与帕慕克和他的《伊斯坦布尔》不同，那是帕慕克献给一座城市的忧伤的挽歌，是一个古老帝国的心脏从蓬勃走向衰败走向暮年无法拯救的失落。帕慕克和伊斯坦布尔人面对的是"无人能够或愿意逃离的同一种悲伤，最终拯救我们灵魂并赋予深度的某种疼痛"，是"我们没资格也没把握继承的最后一丝伟大文化，伟大文明在我们急于让伊斯坦布尔画虎类犬地模仿西方城市时突然毁灭"而产生的"内疚、失落、妒忌"。帕慕克始终根植于伊斯坦布尔，那是一座属于他的城，他的回忆和呼愁只需走向时间深处，而身处北京的王开岭却怀着一颗游子之心，不时眺望远方，从

《古典之殇》里至少可以读出：北京，不是我的城。

当城市无限制地扩张、各类资源的分配在城乡之间失衡，人们头也不回一股脑儿地涌进那些被水泥包裹的地方，被大片大片的玻璃耀伤眼的时候，很多人忘了自己是谁，迷了路。他们感受到了漂浮、无助和孤独，只是因为亲手切断了自己与故乡的关联，他们妄想成为北京人、上海人、广州人，日夜沉浸于追逐、亢奋、失望和消沉，偶尔也会瞥见自己"某地制造"的标签，却又迅速地扭转脸庞。但是，总有那么一群人，无法从情感上接受这样一种生活方式，或者说，他们无法从记忆中完成对自己的想象，因为一切都变得自相矛盾、疾苦不堪。这不是嘴硬的时候，国家或城市的规划改变了某个地点的面貌却改变不了一个人的时间和记忆，甚至有时，我们不得不承认城市与乡村就像科学与宗教，难以在一些具体问题上形成真正的对话。这是两种截然不同的文化体系和思维方式，就像王开岭相信桥下应该有水，夏天应该出汗，冬天应该受冷，人们应该看着节气种庄稼而不是走进超市挑出冬天的西瓜。城市也好，乡村也罢，两套系统本无优劣，它本似硬币的两面，犹如王开岭在《荒野的消逝》中所说，"乡野有个重要的美学功能，即它可成为城市文明的镜像——就像一个异性伙伴，作为距人类成就最近的自然成就，它能给人带来异体的温暖、野性的愉悦、艺术激励乃至哲学影响"。可是，当一个来自乡村的孩子走进大学，羞于表露自己身份的时候，问题变得严重起来。城市化已经成了一种不可抗拒的力量，虽然我至今无法全面而详细地说出它的利害，但当它无端地让一个人因自己的身份而感到耻辱，那么这里一定有什么地方出了问题。是谁赋予了城市及它的党羽以绝对的权力？城市的价值何以无条件地侵吞甚至覆盖其他地方？城市为什么让一批又一批的参与者丢失了灵魂而此前他们一直好好的？是敌人太强大还是"我"太弱小？其实王开岭在对乡野的叙述中已经不自觉地站在了城市一边，乡野、乡村不过是一种"镜像"，它成了一个权威的"异性伙伴"，一个强大主体之外的"他者"。真是一个险些失去了故乡的人。不过，他在寻找，在黑夜、乡野、萤火虫、蟋蟀、放学路上寻找，寻找他的故乡，寻找丢失的时间，寻找那些被刻在骨头上却常常被忽略的记忆，寻找自己到底是谁，更是寻找一个可靠的立足点，并以此与自己并不习惯、异质的生活对话甚至对抗的可能。

二、"老理儿"

70 年代，随父母住在沂蒙山区一个公社，逢开春，山谷里就荡起"赊小鸡哎赊小鸡"的吆喝声，悠长、飘曳，像歌。所谓赊小鸡，即用先欠后还的方式买新孵的鸡崽，卖家是游贩，挑着担子翻山越岭，你赊多少鸡崽，他记在小本子上，来年开春他再来时，你用鸡蛋顶账。当时，我脑袋瓜还琢磨，你说，要是欠债人搬家了或死了，或那小本子丢了，咋办？岂不冤大头？

多年后我突然明白了，这就是乡下人。

来春见。来春见。

没有弯曲的逻辑，用最简单的约定，做最天真的生意。能省的心思全省了。[①]

忍不住把大段的文字抄录于此，它来自《乡下人哪儿去了》。《古典之殇》里有很多动人的片段，也有很多沉甸甸的东西，却没有哪个像赊小鸡的故事这般打动我心。请原谅我把它称作"故事"，因为在很多人眼中，它已经成为被叙述的生活之不可能的一种。然而我是相信的，一种不经过理性思辨、完全来自于情感认同和身份认同的确信，甚至觉得这样一则"故事"便可以表达《古典之殇》乃至王开岭其他作品里很大一部分说出或没说出的话。我不想使用"诚信""信任""信用"之类的字眼去谈论它，因为这些词本身就存在着一个可悲的前提，那就是"不诚信""不信任""不讲信用"，带着这样的前提去谈论"赊小鸡"，会让我觉得自

---

① 王开岭：《乡下人哪儿去了》，《古典之殇——纪念原配的世界》，书海出版社，2010年，第186页。

已像个无耻之徒。我选择"老理儿",一个经过时间和经验千锤百炼、带有某种品质保证、不那么面目狰狞的词。这个词可能更适合王开岭所说的"草木味儿",更适合他"原配的世界"。

《乡下人哪儿去了》要说的不是乡下人,而是最后残存于乡下人甚至在今天的乡下人身上也找寻不见的那些"老理儿"。在王开岭眼里,这些老理儿会化作草木味儿,依附在"乡下人"身上:那个时候,"虽早早有了城墙,有了集市,但城里人还是乡下人,骨子里仍住着草木味儿";那个时候,商铺会在大清早挂出两面幌子,"一曰'童叟无欺',一曰'言不二价'",第二幅幌子"有点儿牛,但以货真价实自居","严厉得让人信任,傲慢得给人以安全感"。那今天呢,这草木味儿是否还在?北京"月盛斋"的酱羊肉火了近两百年,羊须是内蒙古草原的上等羊,且每天只炖两锅;杨村的一家糕点铺子,没收到好大米就干脆歇业,普通米不成。一切只为两个字:规矩。这祖上的规矩,"这死心眼儿的犟",遵循即获益。

这似乎是生意经了,在生意当中讲老理儿,或许也不失为一种精明。但是,讲老理儿的人总是与"愚"和"犟"脱不了干系,有时"愚"得让人心疼,"犟"得让人肃然起敬。

《向一个人的死因致敬》放在《古典之殇》里好像有点儿突兀——卢武铉,不是萤火虫,不是消逝的乡野,不是变化的生活节奏，他不是那么富有情调，不具古屋老井前缓缓回头的哀伤，他离得太近，存在得太实、太具体。可就是这个人的死，被王开岭"看作合情合理，看作古意十足，看作儒生的高贵"。不得不承认王开岭是对的。卢武铉与那些视身败名裂精神毁容轻如稻草的现代政客不同，他"酷似中国史书上的那些前辈，很儒家，很士林"，他让王开玲想到的是孟子那句"富贵不能淫，贫贱不能移，威武不能屈"。他选择了一种富有诗意也富有古意的死法，登上悬崖，然后坠落，一个清高者的去处，一次拒绝自我饶恕、悲壮而带着尊严的纵身一跃。现代政治预设了当权者的自私，预设了政府是人性的耻辱，预设了国家的建立是两害相权取其轻，预设了权力导致腐败，绝对的权力导致绝对的腐败。那么，在这套预防猛虎出笼的秩序里，卢武铉的失足成了意料之中，而他的自赎则成了额外的收获。王开岭的敬意，不是给予一个现代政客，亦不是给予现代政治的约束力，他是在向一面"政客的镜子"致敬，向一位"视道德为全部家当的失足者"致敬，向"任何有耻的人""爱惜羽毛和颜面的人"致敬，向"未泯的崇高意识"致敬。

老理儿并不总是那么沉重，它同样存在于生活的细节。《让我们如大自然般过一天吧》从两千五百年前一对新婚小夫妻的秘密里发现了与大自然同步的生活。王开岭借《诗经·女曰鸡鸣》布道："迎曦而出，沐夕而归；伴虫入眠，闻鸡起寝；循天时而动，不负光阴华灿。"又用《论语·公冶长》自省，遵天时，敬天道，白天睡大觉，无疑"朽木不可雕也，粪土之墙不可圬也"。王开岭未必不是过分揣测了老夫子的意思，却也不无道理，就像他在《让事物恢复它的本来面目》中对身体和自然如情人之约的描述，"它耐心守候寒暑轮回、时序更替，若对方迟迟未临——如同约好了人，苦苦翘首却不见其影，那悲愤可想而知"，"它即紊乱即自暴自弃，以生病惩罚人的毁约，报复世界的失信"。

"好东西都是原配的，好东西应是免费的"，这就是王开岭所信奉的老理儿。他觉得"天本是蓝的，山本是绿的，河本是涌的，水本是清的，庙本是有佛的，菩萨本是热心肠的，人本是知羞的，猪本是自然长大的，房子本是连地皮的，娃本是想生就生的，燕雀本是登堂入室的，承诺本是值千金的，商铺本是童叟无欺的……"，世上那些自然元素、风物资源，那些生活原理、道德逻辑，都是"上天早早给人设计好、配置好了的——作为祖业和古训，作为安身立命之本"，而我们今天犯下的错误，就是在那些老理儿面前变得傲慢，变得自负，"用五十年推翻了五千年"。

王开岭所做的就是重申并倔强地相信那些曾经贯穿于日常生活而如今我们却视而不见或主动选择遗忘的或大或小的规矩、法则以及常识。想必有人会问，在这个诈骗短信满天飞，"自我保护意识"前所未有地高涨的地方，在这个自然和人体都陷入生理和精神双重紊乱的时代，那些重申和坚信有用吗？奥威尔借温斯顿之口曾说过这样的话："如果你感到保持人性是值得的，即使这不能有任何结果，你也已经打败了他们。"在《追随勇敢的心》里，王开岭对它的转述更朴素："如果你感到做人应该像做人，即使这样想不会有什么结果，但你已经把他们给打败了。"

三、敬畏

在《激动的舌头》和《精神自治》中，王开岭就有不少关于宗教、信仰的思考，像《我们距上帝究竟有多远》《一个非教徒的信仰絮语》《上帝：从厉父到慈母》。那时候，王开岭的注意力还集中在某种具体的宗教以及宗教所带来的现实效用，比如他认为我们向来缺乏宗教资源，同时又没有健康而整齐的现代理性系统，如此一来，人的物质嗜性就失去牵制，人的欲望便没了底线，为所欲为；而一个没有信仰心理，没有宗教意绪的人，在道德上和信用上变得更加可疑，于是"信任一个有宗教情怀的人，比信任一个虚无主义者，或唯物论者要可靠和安全得多"。几年过去，到了《古典之殇》，王开岭在这一问题上的眼光、思路和认识变得更加开放和宽阔，不再将自己局限于宗教及其现世功能，而是进一步去考虑人之敬畏。这种敬畏常常是自省式的，它本身不见得会告诉你该做什么或怎么做，却会让一个人在某些时候明白什么不该做，或者，仅仅让他感到犹豫、羞愧、尴尬、为难。

王开岭在《古典之殇》里更愿意去谈论人在世界中的角色、身份和位置。在一些反思性的文字中，我们常常见到的是从某种潮流如何回归经典，而《古典之殇》却是从当下回归古典、回归乡土，去面对那些即将消失或是已经消失的精神价值。中国确实没有形成王开岭之前所看重的那种成体系且在人们精神生活中起决定作用的宗教，没有形成严格意义上的教徒群体，但我们很难说几十年前的中国人缺乏敬畏之心。乡土中国相信生死轮回，相信现世报应，所以在很多时候便心存畏惧。他们怕不得好死，怕来生投胎猪狗牛马，怕进了阴曹地府被小鬼儿锯成两半或上磨子推。那时中国人的敬畏多带功利，像现在的人面对顶头上司，一方面小心翼翼，另一方面又有着恭维甚至贿赂之心。他们相信每个地方都有一个专司其职的神灵，路有路神，河有河神，井有井神……敬路神为出入平安，敬河神为行船方便有水灌溉，敬井神有时只为小孩子不会掉进井里。这里自有中国人的那些小聪明，但结果是让很多事情有了底线，大多数人不敢为所欲为，顶风作案，这就成了大智慧。

在《那些美丽的禁忌》里，王开岭把敬畏、禁忌以及那些小聪明写得颇有诗情：中国的青山绿水在哪儿？在有禁忌的地方，在信仰之乡。因为南国奉树为仙，敬林若祖，怕违逆神灵，冒犯风水，不但不敢轻易折木砍枝，且足以对抗行政命令和阶级斗争。文章举例 20 世纪 60 年代广东鹤山雅瑶镇昆东村有一片风水林，某造船厂预计以两台拖拉机交换以伐作木材，被村民一口拒绝。"宁受政治打击，不遭神灵报应，此即信奉和服从、天命和政令的区别"。后又举西南边陲，傣族、哈尼族人等将大片好地势近水源的森林奉为"神林"，林中生命亦被视作精灵，伐木、狩猎自是不许，污秽、猥亵之语更要远离，就连枯枝落果也捡拾不得，结果是给西双版纳保留下近十万公顷的原始森林和数百种珍稀植物。这便是有所敬畏的馈赠。

《"我是印第安人，我不懂"》想起了一群"奉大地为父，视万物为兄"，"通晓草木、溪流、虫豸的灵性，俯下身去与之交谈"的"清晨的人"——印第安人。1851 年一位叫西雅图的酋长警示来到这里的白人，"河川是我们的兄弟，也是你们的"，须以手足之情相待，"发生在野兽身上的，必将回到人类身上……若继续弄脏你的床铺，你会在自己的污秽中窒息"。然而，酋长的警示没能改变人的命运，当金矿被发现，白人带上炸药、地图和酒瓶出发，"野牛的血泊变成了人的血泊"。这个基于欧洲自由精神和辽阔荒野而生的美利坚因此付出了代价，"再也无法复制古希腊的童话，只能以现代名义去铸造一个以理性、逻辑和法律见长——而非以美丽著称的国家"。这便是无所畏惧的代价。

从《河殇》《追着井说声谢谢》《荒野的消逝》到《那些美丽的禁忌》和《"我是印第安人，我不懂"》，这些文字大多与山川草木、飞禽走兽有关，在很多人那里王开岭怕是要被贴上环保主义的标签了。但是，对于相当一部分环保主义者来说，他们还是乐意站在人类中心的立场去考虑问题，他们相信自然、生态应为我所用，再远一点儿至多走到人与自然的和谐，又不外乎是一种长久的、可持续的利用。相比而言，王开岭所多出的，是对于自然的敬畏，是对天然秩序的敬畏，是对造物主的敬畏。他更愿意在其中质问人的身份："人曾是大自然的一分子，一个谦卑而纯朴的成员，现在造反成功，就像猴子蹦出石头，自诩齐天大圣，老子天下第一"，而对于自然，他则表示出足够的谦恭，因为在他的逻辑里，自然是不可以被质问的——"无法无天，乃世间最悲哀之事"。这样一个饱含"草木味儿"的写作者，一个心怀敬畏视自己为草木的人，在今天是难得的。当然，这还不是全部。自然之外还有人心，星空之下还有道德律，人向外于世间找到自己的位置，还要伴随着向内的深省与拷问。但是，这个说起来很复杂，尤其是在这样一本以美文为主的集子里会显得分外沉重，想必王开岭也因此顺水推舟地点到为止，毕竟在此前《激动的舌头》《追随勇敢的心》等集子里我们已经找到了足够的证据。当年的王开岭把景仰的目光献给"十二月党人",献给西伯利亚流放路上的普通人,献给所有有信仰的人,而今天王开岭"原配的"乡土中国让我突然想起一则口述材料,大意是土改时一些勤扒苦种一辈子好不容易积攒几个钱买得几亩薄田自己也下地干活的老实人被打成地主,田地和家产被分,人被斗。夜深人静时分,一些邻里悄悄来敲地主家的门,把白天领走的锅碗瓢盆农具家什还回来,低声说,对不住了。当这种瓜分在国土之某些局部被赋予了"合法性",当这种行为背后有强大的行政力量和理论基础作为支撑,当那些穷苦人也确实需要土地、房屋、农具以及基本的生活用品,他们为什么还要还回来?在外力所给予的"理所应当"和生活必须之外,他们还相信一些别的东西。他们相信物归原主的道理,相信自己对一个乡邻而不是地主富农帽子的认知,相信长久以来对取人钱财的最简单的善恶判断,相信"人在做,天在看",相信"头顶三尺有神明,不畏人知畏己知"。他们无法拿得心安理得,一句"对不住了",守住的是数千年隐藏在粗俗、落后、蒙昧等标签下乡土中国的斯文。

一个保守主义者的冒险

——双雪涛论

不要激怒一个老实人——用这句话形容双雪涛的创作可能有些夸张，但大致不会错，因为我们已经看到一个默默写作的年轻人在不经意间带来的惊喜。他仿佛是老实的，却在那老实之中带着一丝狡黠、一股隐隐的凶悍，就像生活中的保守主义者走进赌场，种种可能都被打开。

一

双雪涛在小说里爱尽了轮回或是圆满，似乎不把故事编成一个完整的圈就会坐立难安。《聋哑时代》有一个看上去可有可无的"序曲"，讲一条几乎被城市遗忘的艳粉街，讲艳粉街里那些被时代戏弄的人们。而对李默来说，这里最重要的是一个旧时的玩伴，他十一二岁就成了胡同里最好的木匠，他看他把猫按进水缸里，也坐在他的木板车上心甘情愿地人仰马翻。当李默为了心爱的姑娘被一群混混殴打，其中一个坐在摩托车上玩烟的少年将他拉起，拍拍身上的土，"序曲"的秘密便在瞬间发生了作用，一下把李默青春年代的开始和结尾捏合在了一起。而这个少年，连名字都没有。我们应该从这里就意识到双雪涛小说中那种吹毛求疵般的戏剧感和连贯性，他似乎无法承受一种残缺的结局，如果小说所有的元素不被全部调动起来就不能安心。穿着白衬衫的艾小男在小说里意味着时间的翻腾。李默在2011年的某天醒来，从一本日记中回到2000年的7月，"今天是我最悲伤的日子，毕业了，我爱的人走了，她甚至都没有看我一眼。"这个爱人就是艾小男，只有她才能让时间再次回到1997年，"一个特别的日子"，因为她出现在他面前。于是，"我"和高杰的决裂，那张没有送出的贺卡，那块中空的让"我"折断了腿的石头，一张巴掌大的铅笔画，甚至是许可为"我"医治的青春之"病"，都因为艾小男的出现而有了交代。我们很难说这个让李默神魂颠倒的女孩子是从什么时候出现的，虽然直到小说最后，艾小男才随着李默磕磕绊绊的回忆呈现出来，但这个女孩子似乎让我们感觉熟悉异常，她的身影一直在小说中摇晃，好像小说始终都在讲述她的故事。就像《聋哑时代》的"序曲"在接近尾声才发生作用，小说可以被看成是一个没有开始也没有结尾的循环——一切都是独立的，一切都是无序的，而一切都将在一个微小的节点被贯穿起来并开始疯狂地旋转。在这种恍惚朦胧的讲述中，在这些交错缠绕如同九连环一样的故事里，在这些没有因果又互为因果的关系里，双雪涛用一种满是留恋的方式讲述着他的青春，似乎只有这样，他的青春才不会结束，他所爱恋的人和事才会不断在眼前上演。

《平原上的摩西》则在不同人物间不停切换，庄德增、蒋不凡、李斐、傅东心、庄树、孙天博、赵小东……没有谁是必不可少的，但少了任何一个，都不会成为双雪涛式的故事。这些零乱的、反复切换的人物让时间消化殆尽，一切都需要另外一个人来为之重新定义。那么，这些被重新定义的时间和因果，也就成了故事。从庄德增的恋爱，到庄树作为一个警察在湖心与李斐见面，其实是一个颇为艰难曲折的过程。其中的艰难不是时间的漫长或是关系的复杂，而是如何将这些纷扰的生活碎片简化、拼接，让原本无关的人和事迸发出命中注定的偶然。

　　到底从什么时候开始，我的记忆清晰可见，并且成为我后来生命的一部分呢？或者这些记忆多少是曾经真实发生过，而多少是我根据记忆的碎片拼凑起来，以自己的方式牢记的呢？已经成为谜案。父亲常常惊异于我对儿时生活的记忆，有时我说出一个片段，他早已忘却，经我提起，他才想起原来有这么回事，事情的细枝末节完全和事实一致，而以我当时的年龄，是不应当记得这么清楚的；有时他在闲谈中提起不久前发生的事情，可能就在一周前，而我已经完全忘记，没有任何印象，以至于他怀疑此事是否发生过，到底是谁的记忆出了问题，是谁正在老去。

这是李斐有关记忆的陈述。但是，一个没有母亲的孩子和她孤独的父亲怎么就成了一连串命案的嫌疑人，这需要解释。双雪涛给出的解释，是她们如何与庄树一家相遇，李斐如何成了傅东心的学生……在这些跨越性的关联中，一个紧张的核心渐渐浮现，而与此同时，一幅有关时代、有关阶层的社会图景也被不断编织出来。蒋不凡、赵小东就像《聋哑时代》中的小木匠或是那块中空的石头，他们孤零零地戳在那里，却如磁石一样将有关庄德增、李守廉、庄树和李斐的故事碎屑吸引到位，最终形成一个完整的磁场。

双雪涛在这里显示了不同于同代年轻作家的一面。他在小说中表现出绝对的强势，几乎不相信那些未知的或开放的结局，他要的是一种独有的、可靠的关联。他要用这些关联消解那些未知和可能，以此实现一个讲故事的人对过去和未来的掌控，更是对心中那份趋于传统、保守甚至是固执的故事性圆满的特殊交代。

二

"艳粉街"暴露了双雪涛的立场。也许在这个时代，在这些青年作家看来，立场可能是最缺乏说服力的东西。但是，一种基于"艳粉街"的立场直接而深入地左右着小说讲述的视野和方式。

《聋哑时代》的"艳粉街"是贴在李默身上的标签，是他的出处，是他逃避不了的生命记号，而《平原上的摩西》把"艳粉街"藏在深处，那些人像、事件，不过是"艳粉街"对外的表征。"艳粉街"又不似苏童的"香椿树街"，后者承载的是时间，是有关地域风物和一个时代的印迹，而"艳粉街"是有关阶层的修辞，更像是一种时代流转过后不可更改的结果。

《聋哑时代》中无法回避的是李默父母的处境。他们曾是一个国家最光荣自豪的阶级，在最好的年纪相遇在效益最好的厂子。但他们不会想到，赖以生存的工厂已经岌岌可危，工人们一批一批地被通知可以休一个没有尽头的长假，如若执意留下，薪水减半。父母们自然有他们的想法，但在李默或是双雪涛们看来，"那是一种被时代戏弄的苦闷，我从没问过他们，也许他们已经忘记了如何苦闷，从小到大被时代戏弄成性，到了那时候他们可能已经认命自己是麻木的蝼蚁，幻想着无论如何，国家也能给口饭吃"。这本身就是一种有异于"正史"的表述方式。面对那些曾经的荣光，面对那个作为领导阶级的社会群体，面对他们所坚信的自己之所以成为自己的信条、理想以及特别的政治色彩，一个青年作家以一种戏谑而满是遗憾的口吻将其讲述出来，它不仅仅是某个个体讲述历史和阶级的方式，同时也隐含着在另外一个时代里，一个新的阶层如何认识、看待一段逝去的岁月和一个曾经风光无限的群体。

当然，双雪涛在小说里把这种认识逐一细化，具体为个人、行动以及人生际遇。为了一个女孩子，李默决心考入 108 中。这对他父母来说完全是个意外，因为在他们的期待里，小学毕业上个技校然后进到父辈的工厂，"从仓库保管员开始，从清点每一个螺丝和轴承开始，一点点地成为一个合格的拖拉机厂工人，抱着铁饭碗，铁饭碗里盛着粗茶淡饭，但是从不会空"。这在某种程度上形成了一种深刻的反讽，我们需要特别注意这里的时间——这个时候正是大批国有工厂生意萧条工人频频下岗的日子——这对工人父母处境尴尬，一方面对上中学需要的九千学费胆战心惊，另一方面却依然沉浸在"铁饭碗"从来不会空的身份想象和阶级荣耀之中。结果当然是"上进总是好的"，但一个时代与一个阶级的神话被"砸锅卖铁也供你"震得粉碎。考试那天，李默自己骑着自行车到了 108 中，小说之所以如此强调，是因为

"我是为数不多的几个没有父母陪同的孩子"。与考试对应的，是拖拉机厂减员增效的风潮终于波及他的父母，"工厂来朝他们要剩下那一半的薪水了"。于是，108中以及那场震动全家的考试似乎只与李默有关，父母们所关心的只有厂里谁给谁送了烟酒，要不要送和怎么送的问题。结果到底是让父母为难，李默的成绩出人意料地超出分数线许多，于是也就没有了不上的借口。母亲骑着自行车跑遍所有的亲戚，终于凑够了学费。当九千块钱学费尴尬而充满讽刺地装在拖拉机厂发工资的信封里被送进学校财务处的时候，母亲才意识到"原来这个城市里有这么多富人，每个人都提着一塑料袋的钱，等着那些因为凑不足九千块钱的家长漏下的名额"。双雪涛以母亲细碎而微弱的声音表达出时代转折里一个阶级的变化，这种变化不是被赋予了某种积极的、前进的修饰，而是从一个个被牺牲的个体和家庭里提炼出的历史或时代的另一面。那么就在这个时候，"艳粉街"才真正被落实下来，也开始发挥出它在小说中的影响力。

在李默的父亲继承了上辈的房产举家搬进市区之后，"艳粉街"的标牌如影随形，那套七十平方米的老楼房于李默家来说又有什么意义呢？工厂彻底倒闭，作为下岗大潮中的一员，他们除了拧螺丝之外别无所能，用婴儿车支起两口大锅去卖煮玉米则成了唯一的出路。那些让李默感到难为情的玉米实际上支撑起"艳粉街"的"卓越"和"前途"，因为"我发现也许我是这个平庸家庭里唯一卓越的人","我将成为这个三口之家的唯一希望"。但是，从刘一达到许可这样的朋友，从安娜到艾小男这样令李默心动的女孩儿，他们在小说里的存在仿佛不断提醒着李默"艳粉街"的窘境。一个新生的社会群体在此后的时间里愈发显示出他们的虚弱和窘迫，而作为他们的子女和一个阶层的希望，正如中考后李默有关"希望"的思考，只是因为那时的"我"还没有体会到"希望"和"一切"是多么危险。

《平原上的摩西》破碎片段和线索的结点就在"艳粉街"："去艳粉街，姑娘肚子疼，那儿有个中医。""艳粉街"在小说中更像一种象征，是棚户区、贫民窟、城乡接合部。卷烟厂的庄德增和傅东心，拖拉机厂的李守廉，以及庄树、李斐、孙天博、蒋不凡等等，都在"艳粉街"的阴差阳错里重新排列组合。承包企业也好，开出租也好，下岗再就业既是故事的一个前提，又是拼接起两辈人、两个时代的关键。《大师》里因下岗失去仓库的管理员终于有了下棋的可能。下岗让他失去了收入甚至失去了自己的身份，住在老房子里靠着老街坊的帮衬过活，喝最便宜的酒，从地上捡烟蒂抽，但在路边的棋摊上，在一场又一场的棋局里，他反倒获得了前所未有的精神享受。经济制度的转型致使一个原本社会地位、生活水平相对稳定的阶级面临着生活基本保障的难题，双雪涛不仅习惯以这种社会转折作为文学叙事的大背景，而且将具体的人物直接与之对应，将他们的生活难题具体化、日常化。虽然我们很难说这是试图为一个新的社会阶层立象，但他对这一时代难题的特别关注和那种后代视野里既抽离又脱不了干系的独特表达，在构成一种留恋与嘲讽同在的"艳粉街"情结时，也为如何讲述时代转折与新兴阶层提供了一种有效的方式。

三

很多青年作家越来越喜欢面对世界表现出自己的残酷和决绝，仿佛只有这样才显得深刻和尖锐，好像只有这样才谈得上"文学性"。但双雪涛似乎有自己的一套道理，我们很难在小说中发现那种刻意制造出来的冷酷，反而总能找到某种保守的温度。这种保守，恰恰成全了双雪涛与一些快被遗忘了的文学精神的关联。

《大师》中的父亲是拖拉机厂的仓库保管员。仓库紧临监狱，于是就有了犯人们做工过后下棋休息的一幕。在这个简单而充满偶然的场景里，我们惊喜于双雪涛所赋予它的细碎的人情味。"政府，能下会儿棋不？狱警想了想说：下吧，下着玩行。谁要翻脸动手，我让他吃不了兜着走。"得到应允后，"带棋子的犯人执红，坐在他旁边的一个犯人把手在身上擦了擦，执黑"。仿佛狱警也不像狱警，倒像是一个大家长面对一群顽皮的孩子；犯人也不像犯人，至少双雪涛没让他们落入对犯人惯常的想象，"把手在身上擦了擦"分明生出一份孩童得了好玩意儿或好吃食的兴奋和腼腆。一盘棋就那么下了起来，原本在一旁抽烟的狱警也围上去。下到关键，一个狱警高叫，"臭啊，马怎么能往死里跳？"伸手就把已经走出的棋子拿了回来。至此，就连狱警也将之前的矜持抛于脑后，十分欢乐地参与进来，于是，狱警与犯人这对充满紧张感的关系在双雪涛的讲述中渐渐演化，变得有如路边棋摊街坊邻居那般轻松无忌。

双雪涛不会让故事不完满，没下完的棋也不会沦为残局。十年之前仓库门口想同父亲下棋的犯人意外出现，让小说充满了宿命的味道。十年中发生了太多的事情：下岗大潮将父亲卷入其中，母亲也不知去向，"黑毛"早已在父亲的熏陶和调教下成为闻名城里的棋手。"把你爸叫来吧，十年前，他欠我一盘棋"——故事终于跨越十年与之前对接。父亲不但破了几年前不再下棋的承诺，而且破了自己从不"挂东西"的戒。父亲终于是输了，赌注其实也简单："我一辈子下棋，赌棋，没有个家，你输了，让你儿子管我叫一声爸吧"。双雪涛当然想让故事变得更加玄妙，但犯人是不是成了和尚并不重要，和尚从僧衣里掏出一个金色的十字架作赌注也不重要，重要的是两个在十年中同样落魄的男人如何在十年后依然挂念着那盘没有下成的棋。这也许可以成为一个高手过招独孤求败的故事，可双雪涛显然没有那种侠客之心，他更热衷于市井的世俗之情。那盘棋是个念想，也是了断，同样是圆满。我们很难说那盘棋到底是谁输了，因为在"黑毛"看来是盘和棋，可父亲到最后无子可走，输了棋的他眼睛闪着前所未有的亮光，对儿子说：叫一声吧。虽然小说最后，"黑毛"相信那个没腿的和尚还会回来，但除了一种无凭无据延绵不绝的情义，和尚似乎已经没有了回来的道理。父亲已在那盘棋里成全了他——棋下过了，儿子也有了，和尚已经了无心愿。在一盘有输赢的棋里，双雪涛写出了没有输赢的人生：落寞也好，坎坷也罢，从地上捡烟头抽的父亲在他的棋里获得了心灵的超脱，而没了腿的和尚却在世俗的情义里了却凡尘。

乍看上去，《大路》可能是一则荒唐少年的青春逸事，但仔细读来，小说却隐藏着一种难得的力量。顽劣的"我"父母双亡，被送进工读学校，十六岁的时候已经学会了最顽强也最恶劣的生存方法。离开工读学校之后，"我"背着一把刀和简单的衣物，游走在火车站和一个别墅区，火车站是"我"的住所，别墅区让"我"有些财路。一天晚上，"我"抢劫了一个弱弱的女孩儿，她非但没有害怕，还不断送来钱和衣服，直到两人像朋友般坐在路边聊天。"我"知道了女孩儿的孤独和绝望，却在不久看到了她殡葬的灵幡。如果小说仅止于此，它便是青春的叛逆和伤痛，但"我"丢掉了刀子，只身前往漠河。"我在漠河铺路，铺了很多条，通向不同的地方。我谨慎地对待每一条路，虽然很多路我铺好了之后自己再没有走过……我看见很多人虽然做着正常的工作，实际上却和我过去一样，生活在乞讨和抢劫之间，而我则在专心铺路。"小说由此从绝望中杀出，在整个混沌而阴郁的氛围里放出坚忍而明亮的人性之光。当然，一切进行得细微而精妙，在"我"三十岁的时候，我抱着女孩儿的玩具熊钻进被窝，"不要把被子踢开，让被子包裹住我，明天暖气就会修好了吧"。如果说流行于文坛的冷酷和决绝是一种剑走偏锋的精明，那么双雪涛无疑是保守的，他更愿意从文字当中去发掘某种让生活成为生活的力量，他在自己的文学信条中笃定那个东西可能对现在的世界毫无意义，但其本身十分美好。于是，在尚新、尚怪、尚冷酷的文学场中，双雪涛的保守则成了一种赌博或是一场冒险。现在看来，这个人似乎是赢了。

市井即江湖

——常小琥论

一、手艺

手艺曾是一个时代的风景，但时过境迁，工业成品和流水线走下的整齐划一让手艺逐渐走向萧条。当我们在享受着商品时代的快捷和便利时，手艺几乎成了某种怀旧情愫的替身。所以，对于常小琥的《琴腔》和《收山》来说，无论是写时代还是写规矩，无法逾越的首先是手艺。

《琴腔》讲梨园的事，当然不是只盯着角儿们台上的风光，它写的是坐在旁边的琴师，拉琴、帮腔、托保随带，是手艺也是本事。小说开始于剧团里的琴师选拔，看的当然是手上的功夫。准确地说，应该是听，因为琴师在幕后，主考的团长只听声不见人，全凭一双手和几对耳朵见分晓。秦学忠从一伙琴师里脱颖而出，整个过程有了些惊心动魄的味道。轮到秦学忠，有阵子没出动静，"台上台下，静如空寂"，就在这个当口，一阵急切的快板过门骤然从幕后蹿了出来。小说写秦学忠拉的《斩马谡》虽不复杂，"但简里有繁，就算看不到琴师的弓法，光是音准的严丝合缝，包括追求气氛时用劲够足，这就不像其他人那么发干，发涩"，而拉到结尾，"三弓三字，不揉弦，一股肃杀之气"。团长当然也识货，"这个行"，一双眼睛像刀片，"这人琴中有话，不光包得紧，还能透出诸葛亮悲鸣的心境，该阴之处，如虫潜行，该阳之时，也有拆琴之势"。一呼一应，是手艺人间的懂与不懂，也是惺惺相惜和隐隐的较量。此时的常小琥也展示着他的手艺，把一则小小的片段讲得张弛有度，关键之处惜字如金，准且狠，像是合着"快将马谡正军法"的节奏。

等写到剧团里的角儿，年终大戏上云盛兰光彩夺目。小说在"我一剑能挡百万兵"上下足了功夫："'兵'字因是高切落音，力度强，她便在'百万'行腔时小心填铺，积聚力度，然后一举出'兵'，一吐为快。"之后的"大胆胡为你累亲娘，手执绳索将儿捆"，悲戚孤绝，"听得秦学忠汗毛倒立"。而新留团的倪燕虽然机敏，但到底是嫩了些，往云盛兰旁边一站就输了阵势。虽有琴师秦学忠尽力托带，但同台竞技，角儿们的手艺也高下立见。至于武旦如何踢枪，是用蛮力还是用巧劲儿；练鞭打出手是抓住再扔还是稳稳当当地拍回去，都是学问。可能懂戏的人也不比以往，但在一个外行看来，《琴腔》至少做出了一个把梨园的手艺都吃透了的样子。

新长篇《收山》改写勤行，万唐居的后厨。厨师自然全凭手艺来换得立足之地。屠国柱的师傅杨越钧是万唐居的掌灶，既然灶上的事都交给他，就是有本事，"托得住"；葛清只管鸭房，别人不许踏进半步，凭的就是宫廷烤鸭的手艺；大师兄冯炳阁脾气暴躁，但若论吊汤，谁也替不了他；二师兄陈其掌管冷荤，他休病假，餐厅考评的菜单就要有缺口；陈其的妻子外号"飞刀田"，一块里脊放在大腿上，片得薄如蝉翼；还有早年回族大师计安春的卤瓜余羊肝；友谊宾馆面点组长十斤白糖捏出一米高的玲珑塔……小说处处都在讲手艺，讲得详细精到又不动声色，让人想单独挑出哪个来说都颇觉为难。但不管怎样，《收山》是用手艺串起的故事，里面的情义恩怨、方圆规矩、昨是今非，离了灶上的功夫全都无从谈起。通过手艺，人心才得以呈现，是老实厚道还是尽抖机灵，是凭着十年如一日的修炼走向传承还是把它当成垫脚石换得人生上位，这一切都在小说中进行着选择。时代变迁，一个行业也不得不面临着新的运作方式，那么作为行业基础的手艺又将何去何从？就像万唐居的鸭房最终被撤下改作仓房，统一供应的鸭子到了葛清手里还会不会是原来的样子？鲁菜衰败，加入粤菜甚至调味汁料都由新公司统一配送的万唐居还是不是万唐居？这些由手艺而生的问题盘旋在一代又一代厨师头上，经过一次次的抗拒、冲突、妥协，伴随着无奈和刺痛，最终还是要回到手艺上寻求解决。

常小琥小说里的手艺当然不仅仅是手艺，它完全可以被看作一个时代的见证。无论是《琴腔》还是《收山》，它所触及的年代对于常小琥们来说几乎是陌生的，或者仅仅赶上一个尾巴。但是时间越久，年纪越大，那个出生的年代似乎在心里也变得越来越有分量，毕竟失去才知珍贵，那些陈年旧事也在一种特别的情怀里变得丰富而值得追忆。那么我们到哪里去寻找一个时代的证据？可能那些宏大的叙述都不能满足一代人与一个年代产生肌肤之亲的渴望，于是一个陈旧的物件儿，一个日常生活的细节，一门越来越难以发现的手艺，就成了抵达心中旧情的巧妙途径。就像常小琥在《收山》序言里所说，选择厨师的故事并没有太多为什么，"一开始这事儿就这么定了"。看上去很悬，但想想不过是因为这些人这些事曾经恰好在那里，我们好歹也算吃过见过。

二、传奇

工欲善其事，必先利其器。可秦学忠偏不，至少让外人看起来家什不怎么样。《琴腔》上来先写琴，份大的琴师琴也用得讲究，上等竹子打成担子，好看、声音透亮，更是一个琴师的脸面。秦学忠的京胡是自己做的，用竹一般，琴轴是偏的，还是枣木的料。选拔的时候，头把琴徐鹤文搭眼一看秦学忠手里的家什，"意思不大"的判决就下来了。可就是这把没被看好的琴很快就发出铿锵的肃杀之音。如此还不够，这个惊了全场的琴师退场时面无表情，夹着琴箱左躲右闪，一双懒汉鞋蹭着地板，招呼也不打地仓皇逃走。老琴师们脸上都有些挂不住，徐鹤文更是认定了秦学忠没大出息。可就是这么一个人，全团却没人再敢小瞧他的手艺。这时的秦学忠已不仅仅是一个琴师，因为他的独，因为他的破琴，因为他的技艺精湛，也就有了操着怪器的侠客之气，更成全了常小琥对于世外高手、流浪侠客或者体制外英雄的想象。

很快就有了二人台上台下的心斗。老徐也倔，仿佛跟坐在台下的秦学忠较着一股劲，硬是将一把不趁手的新琴拉得浮夸躁动，"像一匹熬到殊死一搏的困狼"，砸了自己的招牌。事后他托人给秦学忠带话："戏台橡角，你我之命，相猜未相伴，拉琴即拉人"，便是英雄相惜的豁达和悲凉。常小琥在这里其实做着一个少年梦，秦学忠的存在仿佛成了少年英雄情结的寄托。琴师这个行当，以前不曾、现在也不能产生一个时代的英雄，而秦学忠却以他的轴、他的倔、他的孤傲以及他最后的"惨败"，以一种不可能的方式满足了人们对于当下之外侠客或是英雄的渴望。当然，这种渴望并不是期待他进入现实肩担道义，这也不是一个琴师的分内之事，而是在一个记忆被不断拆除、粉碎的时代里，让繁杂情绪得以安置，种种遐想得以实现，让无趣的生活变得激荡起来的归属感。这时候，没人再去纠缠真实，就像每一个少年都做过侠客梦，人们大多不会拒绝传奇。

《收山》里的葛清也是如此。杨越钧是店里的掌灶，"不过有位爷，工资却比杨越钧还高出五块钱"。钱不在多少，在小说里却标识着葛清的分量。葛清也有他的独，在万唐居这样一家国营饭庄，他的鸭房别人从不敢插手，而从前那个不知天高地厚的公方经理，被葛清当着众人骂作"杂种操的"。派去鸭房的屠国柱被葛清一晾就是半个月，也就是在这半个月里，葛清的样子才从小说中浮现出来——店里配发的工装被随意搭在肩上，耳边总别着一根烟，还一定要皱巴巴的；一把破茶壶蹾在腿上，"像一只垂老的兀鹫"。貌似天大的事都与之无关的葛清也终于让屠国柱开了眼。坐在道林的葛清不动声色，但张口两道菜就让领班犯了难，因为看的都是厨子的硬功夫。后来上的几道菜，老头筷子都没动就把盘子堆到一起。道理当然是有的，一行有一行的规矩，但其间多少让人读出了高手过招、人外有人的硝烟味和紧张感。也正是见识了如此场面，后来的屠国柱便少了此前的牢骚，因为打心眼儿里服。

想必常小琥也心知肚明，在侠客的世界里，没有什么比英雄末路更能打动人心。然而在"万金油"的世道中，作为侠客的秦学忠最终丢了头把琴的交椅，也只能无奈地看着心爱的女人一时嫁作他人妇。虽然后来又有了儿子，但始终也没能习得父辈的手艺，或者说根本就没这个心思。于是，这个剧团里的世外高人也只能待在世外，不再演出，只是躲在家里修琴，成了剧团最多余的人。作为宫廷烤鸭传人的葛清最终也难以抵一个行业经营方式的变换，眼睁睁看着鸭房被改作他用，只是在店里动工的时候，无奈又识趣地领着徒弟躲了出去。等到屠国柱独当一面成了万唐居的掌灶，新一轮的变革又让他出现在任何场合都显得不合时宜，索性躲回已成仓库的鸭房，不再过问店里的事。英雄末路证明着一个风云莫测的江湖，他们之前的光辉传奇和之后的悲壮凄凉合在一起才完成了常小琥讲述英雄的用意。在这两部小说中，一个行业的传奇只是一种美好的映衬和铺垫，而作者最想拿给人看的却是这种辉煌如何不可挽回地逝去，正如秦学忠、屠国柱以及常小琥们追不回的青春。

侠客或江湖让常小琥的小说有了别样的气质。它一定不是新的，如果斗胆将其接续到唐传奇，算来已有千年之久，但正是这种古老的讲述方式在一个新的时期重新焕发生机。它不但没有暴露其局限，反而产生了另外一种可能，那就是在描绘某个人、某个行业、某个年代的时候，能够跳出现实的约束，而把笔力集中在如何让它的讲述变得更加浪漫，更能满足人们对英雄的想象和渴望，更能触动人心，更能给人以惊喜。

三、人伦

当他在灶上，一站就是几十年，想赴命，想还债，想替自己的两位师父找出答案时，他发现师父们未必不清楚答案是什么，但是此时已经没有谁在乎这个问题了。

因为人都不在了。

常小琥写在《收山》自序最后的话不可不谓悲凉。论手艺，论规矩，几代人的传承和守护，人没了，什么都无从谈起。小说归根结底还是在写人情，写人伦。其实有句话贯穿小说始终——"一个人收山的时候，不看他做过什么，而是看徒弟对他做过什么"——它无论是放在《收山》还是《琴腔》里都构成了激烈的反讽。

当年的葛清每每被卷入运动中，挂起牌子接受批斗，跪在放了搓板的凳子上被用在马达上带钉子的角带抽打到不省人事。而动手的，都是他的徒弟。这也就让我们不难理解为什么到了万唐居的葛清对店里派到鸭房的学徒是那样地苛刻与戒备。对于葛清来说，当年的遭遇无疑是一道刺在心上无法愈合的伤口，而就在似乎得了一个不错的徒弟聊以安慰的时候，又被以"放火烧店"的罪名被派出所带走。事情当然清楚得很："他每天都搬柴火，不然第二天拿什么点炉子。"

屠国柱自是仁义，每周从店里骑车到大兴给关在看守所的师父送饭。可一个人的仁义又有什么用？店里的齐书记在葛清被遣返原籍时向屠国柱交代的是："请神容易送神难，要紧的是，别是让老头节外生枝，就像上次写信的事。他一走，将来掌灶的位子，你师父还不是要留给你？功劳摆在这儿呢。"葛清的故事让人不禁想起多年前钱理群先生的《青春是可怕的》，但屠国柱的存在和葛清买给师父的鲜艳手套似乎讲述着青春之外更可怕的东西。小说虽然没有对此展开针锋相对的拷问，但从手艺的改变，规矩的遗失，人情的淡漠和人伦的衰败，那些老菜、老人和老理儿，无不对这个翻滚纠结变化的年代发出某种告诫的声音。这种声音被埋伏在那些怀旧的情愫中，常常在不经意间生生刺出来，让人在充满着烟火之气的市井琐事里不禁背后一凉。小说中有一个细节颇值体味，讲"大串联"期间，干餐饮的谁也别想经营，成千上万的嘴在街上，小馆子烙饼，大饭庄捞米饭、蒸馒头，菜也炒不成便大批量地腌咸菜。如果说杨越钧、葛清、屠国柱等几代厨师守的是不变的手艺和规矩，那么对厨行冲击最大的莫过几十年前的那次。小说在有意无意间构成了一种隐秘的自问自答，所谓几代人的理想和传承在时代的动荡和异化的社会运行机制下只不过是螳臂当车的徒劳，在一个人说没就没了的世道里，还谈什么手艺、规矩，还讲什么人伦？

《琴腔》固然少涉及师徒之间的恩怨，却在秦学忠、云盛兰、岳少坤与秦绘、岳菲之间形成了一种更具普遍意义的人伦书写。自从秦绘自己把名字改成秦子恒，秦学忠们的时代似乎就结束了。大到一个国家经济体制变革所带来的社会氛围、人际关系和个人价值判断的变化，小到剧团经营方式、人事制度改革带来的个人生计和生活走向的具体问题，同时向几代人扑来。当秦子恒提出到南方去，秦学忠下意识的反应是"你的琴还算可以"，而云盛兰最关心的是新单位是否国营。两代人于时代变幻中的判断和选择终于在悄无声息里形成了一种无法破又没有解的矛盾。父辈们的担忧、顾虑以及藏在心底的不乐意对秦子恒来说完全不起作用，他主动从剧团拿走了人事关系，离开了父辈们熟悉的生活。于是，琴师的儿子做了深圳服装厂管理流水线的经理，成了"京剧小神童"的岳菲在春晚舞台上被一眼看出是假唱，两代人越离越远，当年那些想不明白的问题似乎再也没有解答的必要。

师徒也好，父子也罢，常小琥以一种带着江湖气的笔调讲述着时代风潮之中人情人伦或剧烈或微妙的变化。按理说，梨园与勤行都不是常小琥所在甚至是所熟悉的生活，但它催生的有距离的想象以及它本身所具备的市井气，反而让小说带出了一种特别的气质。它充满着情感、规则、价值上的怀旧，却藏不住一个基于当下的视野和立场；好像每一个细节都雕琢得细致又结实可靠，却无处不弥漫江湖和传奇的天马行空；那些返回到几十年前被娓娓道来的事件，应和的却是几十年后一个初感沧桑的青年最直接又最隐秘的情感需要；而看似琐碎、日常的手艺和行当，又折射出一个时代不可阻挡的突进与代价。所以，在常小琥的小说里，凡人与英雄没有界限，市井就是江湖，但江湖无常，有些东西再好也是要没的。

今夜只谈爱情

——读文珍《牧者》

一座校园，两个人，可能就有了写不完的故事。有时候，情况也许稍稍有些特殊，一个是老师，一个是学生，这就会让事情多费一些周折，有些鸿沟需要逾越，但窗户纸未必要捅破。当然，这里说的是爱情。

文珍的《牧者》几乎通篇找不到"爱情"二字，只有一处还是"根本不配谈爱情"，但无论作者或小说中的人怎样惶恐，都没有能阻挡爱情的到来。徐冰第一次遇到孙平，是在后者的课堂上。正如一切并非一见钟情的相遇，故事的开始都是艰难的。年轻，但貌不惊人，学生们眼中的明星教师丝毫不能让同样是学生的徐冰动心起念。然而，对孙平的好奇和迷惑让她又一次走进那间教室。这一次，徐冰发现了迟来的惊喜："他可以对自己说出来的每一个字负责。说出来的每一个字串起来都是好文章，用词考究漂亮，起承转合熨帖。"可这只是一个理由，一个多么无关却有效的理由——徐冰要用它来掩饰自己所接受的魔咒，这无关一个教师是否天生适合布道，无关他如何让百分之八十的人在一堂之后变成俯首帖耳的子民或切慕溪水的小鹿，更无关语言、用词或逻辑，而只是课后长久的空白和耳边不断回响的声音。于是，一切都开始变化，那个曾经在她眼中貌不惊人的男人脸上开始有了"理想确凿的光"，开始在她的想象中手不释卷笔耕不辍，她开始在他的文字中发现某种"私人温度"，能够跟他一起失眠、做噩梦，有着一样求之不得的向往和自嘲。不知从什么时候起，我们变得难以谈论爱情，仿佛爱情需要一个个言之凿凿的理由，没有证据就不能宣判。但是，在文珍的小说里，在徐冰长时间的大脑空白中，那些指向过程、指向证据的努力寻找最后只发现一个不可更改的结果，这个结果让所有人都感到莫名其妙又不知所措，更不敢小觑。这似乎让我们相信没有理由的爱情才叫爱情，犹如后来"安全长久的利用"和孙平将其纳为同类的慷慨，有些理由只为说出而存在，但脱口而出的瞬间就证明了它根本不是理由。

当爱情得以确信，孙平才真正进入故事。一个学期过去，都是徐冰在悄悄地关注着孙平，她好像躲在暗处的猎手，直到一个陌生的来电印证了她只不过是"切慕溪水的小鹿"，而她的猎物才是从未暴露甚至从未把目光投向她的猎人。这样说当然很残酷，甚至有轻薄爱情的嫌疑，但那高得惊人的成绩和莫名其妙的电话又该如何解释？其实文珍在小说里正是用力地描述这种无从解释，就像徐冰猜不透他是否注意过自己，也像办公室里孙平疏离的笑容给不出任何答案。但无论如何，他们就那样进入了一条没有返程的通道，聊天、夸赞、吃饭，送回宿舍，然后还有独自一人的思念和幻想。不出意料，障碍是所有无趣爱情故事的最好调剂。徐冰固然可以把孙平说结婚早的话当成是一种"隐晦的调情"而心生怜惜，可这又何尝不能成为最高级别的防范和一只逃生时早早拴在港口的橡皮筏子。果然，"恋爱就像感冒，她先病倒，事后才觉不像好兆头"。但是，小说并没因此变成一个充满诱惑和心机的黑幕读本，无论是徐冰偷偷翻进孙平的办公室留下一枝满是骨朵的蜡梅，还是孙平暗地里兴师动众的帮助，似乎都止于干净清澈的等待和两个人心照不宣似的防范和矜持。此时的文珍是细致又聪明的，她知道如何恰到好处地拿捏小说的分寸和节奏，知道怎样让故事完全生成于我们的日常世界又悄悄藏下一点儿俏皮的理想之光。

这当然不够，文珍还想继续拷问他们的爱情，于是有了他们第二次的面对面和身体的碰触。"那一刻从她心底浮起的感情竟然是惋惜。太快了。这种关系太确定也太没想象空间。两个聪明有趣的好人，饮食男女之外还有千百种交流模式，为什么一定要看到最无聊的一种里去？"徐冰已经在为她的爱情而沮丧，"结果还是归为肉身的诱惑，这诱惑将永远大于思想和感情。但是她没办法不替他们的关系感到可惜，是悬崖勒马之后的惊惧，也是谜底揭开的无趣"。至于如何半真半假地接受了一个男生的追求并因为什么匆匆分手都不重要了，孙平为徐冰费力争取的交换生名额注定了这是一段无疾而终的感情。可事实上，即便没有出国交换这回事，他们又能怎样？但是，一个恰当的理由足以换来更多的理由，她开始为孙平暗自开脱，也为怕自己拿不起放不下而坦然，"真上一次床也不是不可以"，这当然只是想想。不管怎样，好像那些矜持的面具注定要卸下，在漫长的纠结和等待之后，她毫不犹豫地奔进他怀里。但是，仅此而已，这个男人始终是她的牧者，她能感受到他的爱却无法拥他入怀，只能看他消失在刺眼的光芒中。

也许《牧者》就是一则没有故事的故事，波澜不惊毫无悬念，让人有所期待却又不会心存遗憾。它呈现出文珍小说中罕有的安宁，没有疾病，没有死亡，没有出走，也没有明确又够不到的远方，甚至让人以为《我们夜里在美术馆谈恋爱》中的"敏感病人"已经悄然自愈。其实相比那些带着强烈的自我保护紧张又不安的故事，《牧者》可能需要文珍付出更大的勇气，因为这才是一个不加防范的、坦白的世界，一些美好的东西来了又走，而生活的希望仅在于它曾经来过。这时的文珍大概才能像即将出国的徐冰一样放下包袱，去坦然地讲述我们所在的生活，才能在一个无关结局的世界里去从容地发现"人在何等情况之下动心起念"。这并不是什么一个作家与世界的和解，而是一种见识，一种先于想象发现生活血肉的细致体察，也是一种权利，一种即便于狰狞的世界也能坐下来安静地谈一谈爱情的自由。

后　记

　　1999年，我从山东"闯关东"到长春。在之后的十余年里，求学、工作，往返于关内关外。在这种往返之中，也许失掉了对故乡的确信，逐渐清晰起来的却是来自于不同地域之间奇妙的张力。这本薄薄的小书，正是这些年围绕吉林作家与关内作家的阅读感受与简单记录。地域作为一种创作与研究的视野，能够有效地发现作家作品切入生活的具体方式，它提供了一种细节化、民俗化、经验化的文学生产方式，在人性、伦理的大框架内，以各异的形态，促成文学创作的多种可能。相比关内作家的流动性，吉林作家多为本地作家，因而他们的创作就带有了个性鲜明的"本土化"色彩。当我们将吉林作家与关内作家并置一处，可能会在"中国文学"与"吉林文笔"、普遍的人性与风土人情等关系之间发现某种隐秘的张力与博弈。

　　这本小书作为2015年度吉林省作家协会重点作品扶持项目出版，首先要感谢张未民先生、宗仁发先生数年来的支持和帮助，感谢金仁顺老师早在十五年前的教诲。同时，本书也作为吉林大学社科项目"作为文化取向的'城镇中国'——新世纪'70后'作家创作研究（2014ZZ010）"结项成果，在此向数年来携手共进的吉林大学师友同人们致谢。最后，感谢时代文艺出版社编辑辛勤、细致的工作。

是为记。

李　振

2016年9月3日于长春